KiWi

KiWi 56 Jack London
Vor Adams Zeiten

Jack London

Vor Adams Zeiten

Ein Roman über die Urgeschichte der Menschheit

Mit Zeichnungen von Hans Henning

Kiepenheuer & Witsch

Mit freundlicher Genehmigung der
Büchergilde Gutenberg, Frankfurt am Main
Die Originalausgabe erschien 1907
in New York unter dem Titel *Before Adam*
Deutsch von Gisela Kirberg
Illustrationen von Hans Henning

Umschlag Hannes Jähn, Köln
Gesamtherstellung May & Co., Darmstadt
ISBN 3 462 01634 2

Dies sind unsere Vorfahren. Ihre Geschichte ist auch unsere Geschichte. Und das sollten wir nicht vergessen: so gewiß, wie wir uns eines Tages von den Bäumen schwangen und den aufrechten Gang erlernten, so gewiß krochen wir vor langer, langer Zeit aus dem Meer und bestanden unser erstes Abenteuer auf dem trockenen Land.

1. K A P I T E L

BILDER! BILDER! BILDER! Wie oft habe ich mich in meiner Kindheit gefragt, woher die zahllosen Bilder kamen, die in meinen Träumen vor mir abrollten, denn es waren Bilder, dergleichen ich im Wachen nie geschaut hatte. Nacht für Nacht quälten sie mich, alle meine Träume waren Alpträume, und später wuchs in mir die Überzeugung, daß ich von meinen Artgenossen grundsätzlich verschieden war. Ich mußte eine Unnatur sein, auf der ein rätselhafter Fluch lastete.

Nur am Tage fiel mir ein gewisses Maß an Glück und Zufriedenheit zu. Die Nächte waren von Angst beherrscht. Von schrecklicher Angst! Ich behaupte kühn, daß kein menschliches Wesen jemals solche Angst ausgestanden hat. Denn meine Angst war die Urangst, die Angst der Frühzeit – kurz: die Angst, die unsere Vorfahren im mittleren Diluvium beherrschte.

Ich sehe schon, daß ich dem Leser an dieser Stelle eine Erklärung schuldig bin, ehe ich mit der Erzählung fortfahre. Denn die Gestalten und Geschehnisse jener anderen Zeit steigen, während ich dies niederschreibe, wie in einem Fieberwahn vor mir auf, und ich weiß, daß er mich sonst womöglich für einen Phantasten hält.

Was kann dem Leser denn auch schon meine Freundschaft mit Schlappohr bedeuten, die lockende Sanftheit der Leichtfüßigen und die atavistische Brutalität von Rotauge? Alles blühender Blödsinn für den Uneingeweihten. Und dasselbe gilt für das Feuervolk und das Baumvolk und für die schnatternden Horden der Höhlenbewohner. Er ahnt ja nichts vom Frieden der kühlen Höhlen in den Klippen, vom Trubel und Tumult an der Tränke, wenn es Abend wurde. Ihm pfiff ja nie beim Erwachen in einer Baumkrone der frische Morgenwind um die Ohren, und er hat nie die süße Rinde eines jungen Baumstamms geschmeckt.

Aber am besten fange ich ganz von vorne an: in meiner Kindheit. Ich war ein Junge wie alle anderen kleinen Jungen – solange ich wach war. Sobald ich einschlief, war ich von ihnen grundverschieden. Seit frühester Kindheit, so weit meine Erinnerung zurückreicht, war der Schlaf für mich eine Zeit des Schreckens. Kaum jemals hatte ich einen schönen Traum. Meistens waren es Angstträume. Und die Angst, die ich in diesen Träumen ausstand, war so neu und seltsam, daß ich mir sie nicht erklären konnte. Keine Angst, die ich im Wachen empfand, hatte auch nur die geringste Ähnlichkeit mit der Angst, die im Schlaf von mir Besitz ergriff. Sie überstieg alles, was ich je erfahren hatte.

Ich war ein Stadtkind. Das Land war für mich noch unerforschtes Gelände. Trotzdem spielten meine Träume sich nie in der Stadt ab. In keinem Traum kam je ein Haus vor, und kein menschliches Wesen durchbrach je die Schranken meines Schlafs. Ich, der ich Bäume nur aus dem Park und aus Bilderbüchern kannte, wanderte in meinen Träumen durch endlose Wälder. Diese Traumwälder waren aber nicht irgendeine verschwommene Vision. Ich sah deutlich jeden Baum vor mir. Manche waren alte Freunde, und jeder Ast, jeder Zweig und jedes einzelne Blatt waren mir vertraut.

Ich erinnere mich noch gut, als ich zum ersten Mal in meinem Leben eine Eiche sah. Während ich noch die Blätter und die knorrigen Äste betrachtete, wurde mir mit bestürzender Lebhaftigkeit bewußt, daß ich diese selbe Baumart unzählige Male in meinen Träumen gesehen hatte. Später im Leben war ich daher nicht überrascht, wenn ich auch andere nie gesehene Bäume auf Anhieb ›wiedererkannte‹. Ich hatte sie ja schon so oft in meinen Träumen gesehen – und sah sie immer noch Nacht für Nacht.

Der Leser wird nun einwenden, daß dies allem widerspricht, was man bisher über das Träumen weiß, nämlich daß man im Traum nur etwas erfahren kann, was man auch im Wachzustand kennt. Nun, meine Träume warfen diesen Grundsatz über den Haufen. *Nichts,* was ich in meinen Träumen sah und erlebte, hatte ich im Wachen schon gesehen und erlebt. Träumen und Wachen – das waren zwei Zustände, die nichts miteinander gemeinsam hatten. Ich führte ein Doppelleben.

Als Kind lernte ich, daß Nüsse vom Lebensmittelhändler kamen und Beeren vom Gemüsehändler. Aber schon lange vorher pflückte ich in meinen Träumen Nüsse von den Bäumen oder sammelte sie vom Boden auf und aß Beeren von Sträuchern und Büschen.

Nie werde ich den Tag vergessen, als bei uns zu Hause zum ersten Mal Heidelbeeren auf den Tisch kamen. Ich hatte noch nie welche gesehen, doch bei ihrem Anblick stieg die Erinnerung an Träume vor mir auf, in denen ich durch sumpfiges Gelände gewandert war und mich an ihnen satt gegessen hatte. Meine Mutter stellte eine kleine Schüssel vor mich hin. Noch ehe ich den Löffel zum Munde führte, wußte ich schon, wie sie schmeckten. Und wirklich: es war derselbe würzige Geschmack, den ich tausendmal im Schlaf geschmeckt hatte.

Und dann die Schlangen! Lange bevor ich wußte, daß es Schlangen gab, verfolgten sie mich im Schlaf. Sie lauerten mir in den bewaldeten Tälern auf, sprangen mir an den Beinen hoch und bissen mich. Sie raschelten durch trockenes Laub, glitten über Felsgestein oder folgten mir in die Baumwipfel, indem sie sich mit ihren dicken, glänzenden Leibern an den Stämmen hochwanden und mich immer höher vor sich hertrieben, bis ich auf die entlegensten Äste floh, die schon unter mir ächzten und schwankten und von denen aus mir die Erde in schwindelnde Ferne rückte. Schlangen! Mit ihren gespaltenen Zungen und starren, gläsernen Augen, ihrer schuppig glitzernden Haut und ihrem Zischen und Klappern – ach, ich kannte sie nur zu gut, als ich sie zum ersten Mal im Zirkus sah, wo der Schlangenbeschwörer sie sich spielerisch um den Leib wand. Sie waren doch meine Erzfeinde, die mir die Nächte zur Qual machten.

Ach, und die endlosen, finsteren Wälder mit ihren Tücken und Gefahren. Wie oft habe ich sie nicht durchstreift, scheu und ängstlich wie ein gehetztes Wild, das beim kleinsten Geräusch aufschreckt und sich vor seinem eigenen Schatten fürchtet, immer auf der Hut, immer fluchtbereit. Denn ich war Freiwild für allerlei bösartiges Getier, das im Wald nistete und mir nach dem Leben trachtete.

Mit fünf Jahren ging ich zum ersten Mal mit meinen Eltern in den Zirkus. Als ich abends nach Hause kam, war mir todschlecht, aber nicht von zuviel Erdnüssen und Himbeerlimonade! Aber der Reihe nach: Beim Betreten des Raubtierzeltes erzitterte die Luft von einem heiseren Brüllen. Ich riß mich von der Hand meines Vaters los und rannte unter mörderischem Geschrei zum Ausgang, wobei ich mehrere Leute anrempelte und selbst der Länge nach auf die Nase fiel. Mein Vater mußte mich trösten und beruhigen. Er zeigte auf all die Menschen, die keine Angst hatten, und versicherte mir, daß auch ich mich nicht zu fürchten brauchte.

Trotzdem geschah es mit Furcht und Zittern, daß ich mich schließlich doch, unter weiterem guten Zureden meines Vaters, dem Löwenkäfig näherte. Sofort erkannte ich sie wieder – die Bestie! Ihr Anblick versetzte mich zurück in die Welt meiner Träume: sengende Mittagssonne, hohes Gras, ein wilder Stier weidet friedlich, da teilen sich die Halme, und mit einem Satz landet der Gelbe auf seinem Rücken. Ein wut- und schmerzerfülltes Röhren, und dann nur noch krachende, berstende, knirschende Knochen. Oder ein anderer Traum: Abendfriede an der kühlen Tränke, ein wildes Pferd steht bis an die Knie im Wasser, und dann der Gelbe, immer der Gelbe! Ein Satz, ein Wiehern, das Aufklatschen des Pferdeleibs im Wasser, und dann wieder nichts als das Geräusch von knirschenden Knochen. Und noch ein Traum: dämmriges Zwielicht, die beklommene Stille vor Einbruch der Dunkelheit, plötzlich und unerwartet das Brüllen des Löwen wie die Trompete des Jüngsten

Gerichts, gefolgt von dem wahnwitzigen Gekreisch panischer Angst.

Als ich ihn wehrlos hinter den Stäben seines Käfigs stehen sah, packte mich eine namenlose Wut. Mit gefletschten Zähnen und rollenden Augen tanzte ich vor ihm auf und ab und verhöhnte ihn mit unartikulierten Lauten. Er rannte gegen das Gitter an und brüllte mir seine ohnmächtige Wut entgegen. Auch er erkannte mich, und die Laute, die ich hervorstieß, waren ihm aus alten Zeiten wohlvertraut.

Meine Eltern waren zutiefst erschrocken. »Das Kind ist krank«, sagte meine Mutter. »Der Junge ist hysterisch«, sagte mein Vater. Ich sagte nichts, und sie haben den Grund für mein seltsames Gebaren nie erfahren. Denn schon damals war ich zurückhaltend im Offenbaren meines Doppellebens.

Dann sahen wir den Schlangenbeschwörer, und das war das letzte, was ich vom Zirkus sah. Meine Eltern mußten mich nach Hause bringen. Ich war ganz aufgelöst. Wachen und Träumen hatten sich gegenseitig durchdrungen, und das hatte mich aus der Fassung gebracht.

Ich sagte schon, daß ich niemandem etwas von meinen nächtlichen Abenteuern erzählte. Nur einmal brach ich mein Schweigen, als ich meinem Spielkameraden – wir waren beide acht Jahre alt – Bilder aus jener untergegangenen Welt vor Augen stellte, in der ich einmal gelebt haben muß. Ich sprach von den Schrecken jener Vorzeit, von Schlappohr und dem Schabernack, den wir miteinander trieben, von den Volksversammlungen der Horden und von dem Feuervolk und seinen merkwürdigen Lagerplätzen.

Aber er lachte mich aus und verspottete mich und konterte mit Gespenster- und Geistergeschichten, bei denen man eine Gänsehaut kriegte. Er meinte, dagegen müßten meine Geschichten doch verblassen. Ich erzählte ihm mehr, und er lachte mich nur noch mehr aus. Ich beteuerte ihm, daß diese Dinge sich wirklich so zugetragen hatten, da sah er mich mißtrauisch von der Seite an. Er erzählte den anderen Jungen von meinen ›Spinnereien‹ – lauter verdrehtes und verworrenes Zeug –, und bald wurde ich von allen schief angeguckt. Es war eine bittere Enttäuschung, aber ich lernte daraus. Nun wußte ich, daß ich mich von meinen Artgenossen unterschied. Ich hatte etwas, das die anderen nicht verstanden und dessen Mitteilung nur Mißverständnisse hervorrief. Wenn sie sich Geschichten von Gespenstern und Kobolden erzählten, schwieg ich und lachte grimmig in mich hinein. Ich dachte an meine angstvollen Nächte und wußte: das waren wirkliche Erlebnisse, keine Dunst- und Schattengebilde.

Buhmänner und menschenfressende Riesen konnten mir nur ein müdes Lächeln abringen. Ein Fall aus schwindelnder Höhe durch blättriges Astwerk, aus dem Dickicht hervorschnellende Schlangen, wilde Hunde, die mich über baumlose Ebenen bis ins Gehölz hetzten – dies waren konkrete Greuel, wirkliche Erlebnisse, Wesen aus Fleisch und Blut, keine Phantasiegestalten. Buhmänner und Menschenfresser waren harmlose Kinderbuchfiguren, verglichen mit diesen Schrecken, die mich seit früher Kindheit Nacht für Nacht verfolgen bis auf den heutigen Tag, da ich dies – schon etwas bejahrt – niederschreibe.

2. K A P I T E L

Ich erwähnte schon, daß ich in meinen Träumen nie einem Menschen begegnete. Dies wurde mir sehr früh und sehr schmerzlich bewußt. Schon als kleines Kind dachte ich, inmitten all der Schrecken und Gefahren meiner Träume: wenn ich nur einen Artgenossen hätte, dann hätte ich vor meinen Träumen Ruhe. Dieser Gedanke verfolgte mich jahrelang jede Nacht: ein einziger Mensch, und ich wäre gerettet!

Ich muß betonen, daß ich diesen Gedanken während des Träumens hatte. Dies verstehe ich als Beweis dafür, daß meine beiden Ichs zeitweise verschmolzen. Mein Traum-Ich lebte in grauer Vorzeit, in einem Zeitalter, in dem es noch keine Menschen gab. Mein anderes aber, mein Wach-Ich, projizierte sich in die Substanz meiner Träume insofern, als es um die Existenz von Menschen wußte.

Die Psychologen werden es wahrscheinlich verwerfen, wenn ich hier von Bewußtseinsspaltung spreche. Ich weiß, was dieser Terminus in der Psychologie bedeutet. Dennoch bin ich gezwungen, ihn zu verwenden, da mir für meinen Zustand einfach kein besserer Ausdruck einfällt. Ich suche Zuflucht hinter der Unzulänglichkeit der englischen Sprache. Und nun zur Erläuterung meines Gebrauchs oder Mißbrauchs des Worts ›Bewußtseinsspaltung‹:

Erst als junger Mann im College ging mir allmählich auf, was meine Träume zu bedeuten hatten und worin ihre Ursache lag. Bis dahin war ich völlig ahnungslos gewesen. Aber nun hatten wir Fächer wie Evolutionslehre und Psychologie und erfuhren von merkwürdigen Geisteszuständen und wie sie zu erklären sind. Zum Beispiel lernten wir, daß der Traum, bei dem man durch die Luft zu fallen meint, zu den am weitesten verbreiteten Traumerfahrungen gehört.

Mein Professor erklärte mir, dies sei eine rassische Erinnerung an die Zeit, als wir noch in Bäumen lebten. Damals waren wir in ständiger Gefahr, von einem hohen Ast zu fallen. Viele von uns verloren auf diese Art ihr Leben, und die anderen retteten sich, indem sie sich im Fallen an einem Ast festhielten.

Ein Fall, der auf diese Weise verhindert wurde, verursachte einen Schock, der molekulare Veränderungen in den Gehirnzellen bewirkte. Diese Veränderungen vererbten sich auf die kommenden Generationen und wurden so zum kollektiven Gedächtnis. Wenn wir also im Schlaf oder kurz vor dem Einschlafen ein Gefühl des Fallens haben und erleichtert aufwachen, noch ehe wir auf dem Boden aufschlagen, dann haben wir im Grunde nur eine Erinnerung unserer Vorfahren, der Baumvölker, nacherlebt, die durch Gehirnzellenveränderung zum Erbe unserer Gattung geworden ist.

Darin liegt noch nichts Abwegiges. Auch unser Instinkt ist nichts anderes als eine Gewohnheit, die unserer Erbmasse eingeprägt wurde. Es ist übrigens bemerkenswert, daß wir in dem Traum vom Fallen, der uns allen so geläufig ist, nie den Boden erreichen. Ein solcher Aufprall wäre der sichere Tod gewesen. Unsere arborealen Vorfahren, die tatsächlich auf dem Boden aufschlugen, starben augenblicklich. Der Schock des Fallens teilte sich zwar ihren Gehirnzellen noch mit, konnte aber nicht mehr auf die Nachkommen übertragen werden. Wir Menschen stammen von denjenigen Baumbewohnern ab, die sich noch retten konnten, und das ist der Grund, warum wir auch in unseren Träumen den Boden nie erreichen.

Und damit wären wir bei der Bewußtseinsspaltung. Wir haben dieses Gefühl des Fallens nämlich nie, wenn wir hellwach sind. Unser Wach-Ich hat keine Erinnerung an solch einen Fall. Also – und diese Folgerung drängte sich mir geradezu auf – muß es ein anderes, von unserem Wach-Ich gänzlich verschiedenes Ich sein, das durch die Luft fällt, während wir schlafen, ein Ich, das einen solchen Fall tatsächlich erlebt hat, kurz: ein Ich, das Erinnerungen an die Anfänge seiner Gattung hat.

Als ich an diesem Punkt anlangte, wurde mir auf einmal alles sonnenklar. Mit überdeutlicher Schärfe sah ich die Erklärung aller unheimlichen, unnatürlichen und unmöglichen Vorgänge in meinen Träumen vor mir: Im Schlaf war mein Wach-Ich ausgeschaltet, und ein anderes Ich übernahm die Kontrolle, ein Ich mit einem völlig andersartigen Erfahrungsfonds und mit Erinnerungen an Erlebnisse, von denen mein Wach-Ich nichts wissen konnte.

Was war aber nun dieses andere Ich? Wann und wo hatte es ein Wachleben geführt, in dem es diese phantastischen Erfahrungen sammelte? Auf diese Fragen gaben meine Träume mir die Antwort. Dieses Ich lebte vor langer, langer Zeit, als die Erde noch jung war, in jener Epoche, die wir das mittlere Diluvium oder Eiszeitalter nennen. Es fiel von Bäumen, erreichte aber nie den Boden. Es stieß unartikulierte Angstlaute aus, wenn es einen Löwen brüllen hörte. Es wurde von Raubtieren verfolgt und von Giftschlangen umzingelt. Es hielt mit seinen Artgenossen lärmende Versammlungen ab und wurde von den Feuermachern in die Flucht geschlagen.

Wie kommt es dann, so höre ich den Leser einwenden, daß nicht auch ich solche Träume habe, da ich ja auch im Schlaf durch die Luft falle?

Darauf muß ich mit einer Gegenfrage antworten: Warum ist die Banane krumm? Und warum gibt es Kälber mit zwei Köpfen? Weil die Natur ihre Launen hat und dann eben solche Freaks hervorbringt. Und ich bin so ein Freak.

Bei den meisten ist das andere Ich, das im Traum fällt, sehr vage und unbestimmt, aber bei vielen ist es ausgeprägter: sie träumen, daß sie fliegen können oder daß sie von einem Ungeheuer verfolgt werden, oder sie träumen von nie gesehenen Farben, oder sie ersticken im Traum, oder sie träumen von Reptilien und Ungeziefer. Manche haben eben ein lebendigeres und stärker ausgeprägtes kollektives Gedächtnis als andere.

Und bei mir ist dieser Zug ganz besonders stark ausgeprägt. Mein anderes Ich ist fast ebenso lebendig und mächtig wie mein eigenes Ich. Und in dieser Beziehung bin ich, wie ich schon sagte, ein Freak.

Ich glaube, daß es dieses andere Ich ist, das bei manchen, in denen es vielleicht nicht ganz so stark ausgeprägt ist wie bei mir, die Überzeugung an eine Wiedergeburt der Seele geweckt hat. Es ist ja auch sehr plausibel. Wenn man Visionen von Szenen hat, die man in Wirklichkeit nie erlebte, und sich an Handlungen und Geschehnisse erinnert, die weit in die Menschheitsgeschichte zurückreichen, dann ist es für viele ein eindeutiger Beweis dafür, daß sie schon einmal gelebt haben.

Sie machen nur den einen Fehler, daß sie ihre eigene Dualität ignorieren. Sie meinen, nur ein Ich zu haben, und daraus ergibt sich logischerweise, daß sie früher schon einmal gelebt haben.

Aber sie irren sich. Mit Wiedergeburt hat das nichts zu tun. Ich habe Visionen, wie ich durch die Wälder der jungen Welt streife, und doch bin ich es nicht selbst, sondern ein Teil von mir, der über meinen Vater und Großvater und über meine Ahnen und Urahnen weit in die Vergangenheit zurückreicht bis zu den Anfängen meiner Gattung, dem Menschen, selbst Nachfahre einer langen Reihe von Vorahnen, die lange vor seiner Zeit Finger und Zehen entwickelten und auf die Bäume kletterten.

Auf die Gefahr hin, meinen Leser zu langweilen, muß ich wiederholen, daß ich in dieser Beziehung ein Freak bin. Ich habe nicht nur ein extrem ausgeprägtes kollektives Gedächtnis – ich bin auch der Träger von Erinnerungen eines ganz bestimmten, weit in die Vorzeit zurückreichenden Individuums. Und obgleich dies höchst ungewöhnlich ist, kann ich es doch wissenschaftlich erklären.

Es ist doch ganz logisch: ein Instinkt ist eine rassische Erinnerung. So weit, so gut. Demnach hätten wir alle diese

Erinnerungen von unseren Eltern geerbt, und die wiederum von ihren Eltern. Es muß also etwas geben, wodurch sie übertragen werden. Dieses Etwas nannte Weismann ›Keimplasma‹. Es ist der Träger der Erinnerungen der Gattung Mensch durch alle Stadien der Evolution. Diese Erinnerungen sind unklar und verworren, viele sind verlorengegangen. Aber viele Keimplasmaarten sind Träger einer Unmenge von Erinnerungen und sind, um es wieder wissenschaftlich auszudrücken, atavistischer als andere. Solch eine Keimplasmaart war bei mir am Werk. Ich bin ein Freak der Erbmasse, ein atavistischer Alptraum – nennen Sie es, wie Sie wollen –, aber hier bin ich, frisch und munter, und verdrücke täglich drei kräftige Mahlzeiten. Also bitte!

Und nun, ehe ich mit meiner Geschichte beginne, will ich den Zweiflern und Ungläubigen unter den Psychologen schnell einen Riegel vorschieben, weil sie mich nämlich sonst verspotten und behaupten, meine Träume seien nur darum so klar und verständlich, weil ich zuviel gelesen habe und mein Wissen über die Evolution der Menschheit unbewußt in meine Träume projiziere. Erstens war ich noch nie ein sehr eifriger Student. Ich graduierte als Klassenletzter. Ich habe mich immer schon mehr für Sport und – warum soll ich es nicht zugeben – Billard interessiert.

Zweitens hatte ich keine Ahnung von Evolution, bis ich aufs College kam. Dabei hatte ich aber schon in meiner Kindheit und frühen Jugend in allen Einzelheiten von meinem anderen Leben in grauer Vorzeit geträumt. Ich will zugeben, daß diese Einzelheiten konfus und zusammenhanglos waren, bis ich etwas von der Evolutionswissenschaft begriff. Sie war der Schlüssel, der mir Aufschluß über mich selbst gab und über die Streiche, die mir mein atavistisches Gehirn spielte, das – sonst völlig normal und modern – bis zu den allerfrühesten Anfängen der Menschheit zurückreichte.

Denn in jener Vergangenheit, die ich kenne, gab es noch keine Menschen. Ich erlebte die Stunde ihrer Geburt.

Oreopithecus
Skelett des ›Bergaffen vom
Monte Bamboli‹

3. K A P I T E L

Der Traum, den ich in meiner frühen Kindheit am häufigsten träumte, verlief etwa so: Ich bin sehr klein und liege zusammengerollt oder auf dem Rücken in einer Art Vogelnest aus Ästen und Zweigen. Stundenlang beobachte ich in dieser Lage das in dem Blätterdach über mir spielende Sonnenlicht und sehe zu, wie die Zweige sich leise im Wind wiegen. Wenn der Wind kräftig bläst, schaukelt das ganze Nest mit mir hin und her.

Und bei alledem habe ich das Gefühl, daß unter mir Leere ist. Ich wage nicht, über den Rand des Nests nach unten zu spähen, aber ich weiß, daß dort der Abgrund gähnt wie der Rachen eines alles verschlingenden Ungeheuers.

Dieser Traum glich mehr einem Zustand als einem Erlebnis. Aber es kam vor, daß in diese friedliche Stille plötzlich greuliche Gestalten und schreckliche Szenen eindrangen, brausende Stürme und fremdartige Landschaften, wie ich sie in meinem Wachleben nie erblickt hatte. Das Ergebnis war Auflösung und Chaos.

Ich begriff nichts von alledem. Es war ohne Sinn und Verstand.

Ich träumte nämlich nicht in zeitlicher Folge. Es kam vor, daß ich als winziger Säugling in einem Baumnest lag und Sekunden später als erwachsener Mann mit Rotauge rang, dem Schrecken des Baumvolks, und wieder Sekunden später schlich ich mich in der Mittagsglut hinunter zur Tränke.

Diese Szenen lagen jeweils viele Jahre auseinander, doch im Traum erlebte ich sie innerhalb weniger Sekunden.
Es war ein wüstes Durcheinander, aber ich will den Leser damit nicht verwirren. Erst als junger Mann, als ich Tausende solcher Träume geträumt hatte, blickte ich durch und verstand die Zusammenhänge. Nun konnte ich die untergegangene Welt aus diesen Mosaiksteinchen zusammensetzen und mir vorstellen, wie sie zu meinen Lebzeiten gewesen war, vielmehr: zu den Lebzeiten meines anderen Ichs. Aber es ist überflüssig, hier eine Trennung zu machen, denn auch mein heutiges Ich ist zurückgegangen und hat dieses Leben der Frühzeit gemeinsam mit meinem anderen Ich erlebt.
Zur Unterhaltung des Lesers, denn dies soll ja kein soziologischer Vortrag werden, habe ich meine geträumten Erlebnisse zu einer durchgehenden Geschichte verarbeitet. Denn es besteht durchaus ein roter Faden, der sie alle verbindet. Da wäre zum Beispiel meine Freundschaft mit Schlappohr, meine langjährige Feindschaft mit Rotauge und meine Liebe zur Leichtfüßigen. Alles in allem eine recht interessante Geschichte, wie der Leser am Ende sicher zugeben wird.
An meine Mutter erinnere ich mich kaum. Vielleicht meine erste Erinnerung an sie, jedenfalls aber die klarste, ist die folgende Episode: Ich liege auf dem Boden, auf einer kleinen Lichtung. Aus dem Nestalter bin ich heraus, aber immer noch ziemlich hilflos. Ich wälze mich in dem trockenen Laub und spiele mit den Blättern, dabei gebe ich ein schnarrendes Summen von mir. Die Sonne scheint warm, und ich bin zufrieden und vergnügt. Ich bin auf allen Seiten von

Büschen und farnartigen Gewächsen umgeben, und mächtige Baumstämme ragen hoch über mir in die Lüfte.
Plötzlich höre ich ein Geräusch. Ich setze mich auf und lausche reglos. Die kleinen Gluckser ersterben mir in der Kehle. Ich bin wie versteinert. Das Geräusch kommt näher. Es hört sich an wie – wie das Grunzen eines Schweins. Etwas arbeitet sich schwerfällig durch das Unterholz. Die Farnwedel schaukeln heftig, sie teilen sich, und eine lange Schnauze mit weißen Hauern schiebt sich hindurch. Kleine runde Augen blitzen mich neugierig an. Es ist ein Wildschwein. Grunzend verschiebt es sein Gewicht von einem Vorderbein aufs andere, dabei wiegt es mit dem Kopf, daß die Farne schwanken. Ich rühre mich nicht. Ich starre es unverwandt an. Die Angst drückt mir die Kehle zu.
Meine Lautlosigkeit und Reglosigkeit scheint genau das richtige zu sein. Ich sitze da und warte und weiß nicht worauf. Das Wildschwein schiebt sich vollends durch die Farne und tritt auf die Lichtung. Die Neugier in seinen böse blitzenden Äuglein weicht einer brutalen Gier. Es senkt drohend den Kopf und tut einen Schritt auf mich zu – und noch einen – und noch einen.
Ich stoße einen durchdringenden Schrei aus. Es scheint, daß auch dieser Schrei in diesem Augenblick wieder genau das richtige ist. Denn aus nächster Nähe antwortet mir ein anderer Schrei. Durch meine schrillen Laute hat das Wildschwein vorübergehend die Fassung verloren, und während es noch zögert und unentschlossen von einem Bein aufs andere tritt, springt meine Mutter aus dem knackenden Gebüsch hinzu.

Sie sieht aus wie ein ausgewachsener Orang-Utan oder eine Schimpansin, und doch wieder ganz anders. Sie ist kräftiger gebaut und weniger behaart. Auch sind ihre Arme nicht so lang und ihre Beine stämmiger. Kleider trägt sie keine, nur Haare. Und wenn sie in Wut gerät, wird sie zur Furie.

Wie jetzt, in diesem Augenblick: mit gefletschten Zähnen und furchteinflößenden Grimassen stürzt sie auf die Lichtung und gibt gellende Laute von sich: »Kh-ah! Kh-ah!« So respekteinflößend ist ihr Auftritt, daß das Wildschwein sich unwillkürlich duckt und die Nackenhaare sträubt. Diesen Augenblick nutzen wir aus: ich springe meiner Mutter an den Leib und umklammere sie mit Händen und Füßen, und sie macht gleichzeitig einen Satz in die Luft, greift nach einem herunterhängenden Ast und schwingt sich mit mir hinauf. Noch im selben Moment rast die Bestie unter uns mit krachenden Hauern gegen den Baumstamm, wobei sie ein trompetenhaftes Grunzen ausstößt. Daraufhin kommen aus allen Richtungen durch Farn und Gestrüpp graue Leiber galoppiert. Dutzendweise strömen sie von allen Seiten auf die Lichtung. Aber meine Mutter klettert über einen dicken Ast höher in die Baumkrone hinauf. Wir sind in Sicherheit. Aufgeregt schnatternd und kreischend schimpft sie auf die borstige Horde hinab, die unsern Baum umkreist. Ich spähe zitternd hinunter auf die wilden Tiere und bemühe mich nach Kräften, das Gekeif meiner Mutter nachzuahmen.

Da höre ich von weitem ähnliche Laute, nur eine Tonlage tiefer, die sich zu einem dröhnenden Röhren steigern. Sie

nähern sich, und bald sehe ich meinen Vater kommen, wenigstens weist alles darauf hin, daß er mein Vater ist.
So wie ich ihn vor mir sehe, wirkt er nicht besonders einnehmend. Er ist halb Mensch, halb Affe, aber nicht mehr ganz Affe und noch nicht ganz Mensch. Ich weiß nicht, wie ich ihn beschreiben soll. Es gibt heute auf der ganzen Welt kein Wesen, das ihm gleicht.
Er ist kräftig gebaut und wiegt bestimmt seine hundertdreißig Pfund. Sein Gesicht ist breit und flach. Die Brauen hängen ihm buschig über die kleinen, tiefliegenden, eng beieinanderstehenden Augen. Eine Nase hat er praktisch gar nicht, das heißt, sie ist so breit und platt, daß die Nasenlöcher eher einer Steckdose gleichen. Die Stirn ist niedrig und fliehend, und der Kopf ist für meine Begriffe unnatürlich klein und sitzt auf einem kurzen, dicken Hals.
Seine ganze Gestalt ist von elementarer Ökonomie, und darin sind wir anderen ihm alle gleich. Der Brustkorb ist stark gewölbt, aber seine Muskeln sind nicht schwellend, seine Schultern nicht weitausladend, seine Glieder nicht wohlgeformt und gerade. Der Körper meines Vaters drückt Kraft aus, Kraft ohne jede Anmut, primitive Urkraft, mit der er den Gegner packen und schütteln und zerreißen und vernichten kann.
Seine Hüften sind schmal und seine Beine mager, haarig, krumm und sehnig. Eigentlich sind sie mehr wie Arme, knorrig und verdreht und ohne jede Spur von festem Fleisch, wie es die Waden eines heutigen Mannes ziert. Da er Greifzehen hat, die wie Daumen unter den Füßen liegen, läuft er auf den äußeren Fußrändern.

Aber so ungewöhnlich wie sein Äußeres ist auch die Art und Weise, mit der er sich meiner Mutter und mir nähert: von Baum zu Baum und von Ast zu Ast schwingt er sich mit rasender Geschwindigkeit, ein vierarmiges haariges Wesen, das sich wutschreiend mit geballter Faust gegen die Brust schlägt. Niemals zögernd, niemals unsicher, setzt er in langen Sätzen seinen Weg durch die Luft fort.
Und wie ich ihm so entgegensehe, regt sich in mir ein süßer Drang, es ihm gleichzutun, und ich fühle die Gewißheit, daß die Fähigkeit dazu in mir schlummert. Und warum auch nicht? Heutzutage sehen die kleinen Jungen ihrem Vater zu, wie er die Axt schwingt und Bäume fällt, und sie wissen, daß auch sie eines Tages Äxte schwingen und Bäume fällen werden. Ebenso geht es mir. Meine Lebenskeime sind so angelegt, daß ich mich von Baum zu Baum schwinge, und ich träume von luftigen Pfaden und arborealen Fluchtwegen.
Mein Vater hat uns erreicht. Er ist außer sich. Seine Unterlippe schiebt sich weit vor, während er die Meute unter uns anfletscht: knurrend wie ein Hund entblößt er seine riesigen Eckzähne, die einen ungeheuren Eindruck auf mich machen.
Seine Wut reizt die Schweine nur noch mehr. Er bricht Zweige ab und bewirft damit die bösartigen Tiere. Er geht sogar so weit, sich an einer Hand vom niedrigsten Ast baumeln zu lassen, immer vor ihrer Nase, aber um Millimeter außerhalb ihrer Reichweite, bis sie sich vor ohnmächtiger Wut nicht mehr zu lassen wissen. Aber damit noch nicht zufrieden, bricht er einen dicken Ast ab und stößt ihn ih-

nen in die Seiten und schlägt sie damit über die Rüssel. Ich brauche ja wohl nicht noch zu sagen, wie meine Mutter und ich uns darüber amüsieren.

Aber alles wird mal langweilig, und schließlich machen wir uns, mein Vater an der Spitze, auf den Weg durch die Bäume. Schon verläßt mich der Ehrgeiz, mich wie meine Eltern von Ast zu Ast zu schwingen. Ängstlich klammere ich mich an meine Mutter, die mit langen Schritten durch die Luft klettert. Da kracht es über uns: ein Ast bricht und wir fallen – fallen durchs Leere. Der Wald, die Sonne, das raschelnde Laub wirbeln durcheinander. Ich sehe nur noch, wie mein Vater sozusagen in der Luft stehenbleibt und sich nach uns umdreht. Dann wird mir schwarz vor den Augen.

Als ich aufwachte, lag ich in einem weißen Bett. Ich war in Schweiß gebadet und fröstelte. Mir war schlecht vor Angst. Das Fenster stand offen, und die kühle Morgenluft wehte ins Zimmer. Das Nachtlicht brannte noch. Und daraus schließe ich, daß wir nicht zu Boden gefallen sind und daß die Wildschweine uns nicht gekriegt haben, sonst wäre ich nämlich nicht hier, eintausend Jahrhunderte später, um darüber zu schreiben.

Und nun möchte ich den Leser bitten, sich mit mir in die frühen Tage meiner Kindheit zu versetzen, mein nächtliches Lager zu teilen und die wirren Greuel meiner Träume mit mir nachzuerleben. Dabei sollte er aber nicht vergessen, daß ich ein unbedarftes Kind war. Ich hatte noch nie ein gewöhnliches Hausschwein gesehen, geschweige denn ein Wildschwein. Das einzige, was ich bis dahin von einem

Schwein gesehen hatte, war der Speck, der morgens zum Frühstück in der Pfanne brutzelt. Und doch stampften durch meine Träume Horden wilder Eber, und ich schwang mich mit meinen haarigen Eltern von Baum zu Baum durch die Lüfte. Ist es da noch verwunderlich, daß ich mich vor jeder herannahenden Nacht mit ihren Schrecken fürchtete? Auf mir lastete ein Fluch! Und das Schlimmste war: Ich hatte Angst, darüber zu sprechen. Ich hatte ein unerklärliches Schuldgefühl. Und so litt ich jahrelang still vor mich hin, bis ich zum Manne heranwuchs und das Warum und Weshalb meiner Träume erfuhr.

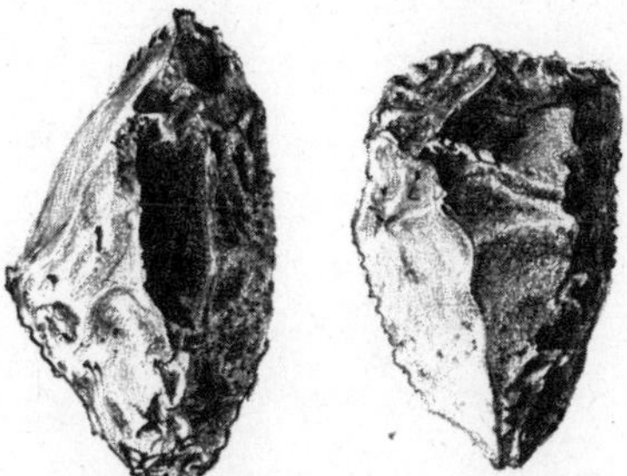

Moustérien - Schaber
La Quina - Frankreich

4. KAPITEL

Eins ist sonderbar bei meinen prähistorischen Erinnerungen, und das ist das Unbestimmbare des Zeitelements. Ich kann nicht mehr sagen, in welcher Reihenfolge das Geschehen abläuft oder wie viele Jahre jeweils zwischen den einzelnen Episoden liegen. Ich kann nur ungefähr vermuten, ob ein, zwei, vier oder fünf Jahre vergangen sind, je nach dem veränderten Äußeren oder den verschiedenen Beschäftigungen meiner Artgenossen.
Oft ergibt sich die Folge der Begebenheiten ganz logisch aus ihnen selbst. Zum Beispiel kann kein Zweifel daran bestehen, daß ich mit meiner Mutter vor den Wildschweinen auf die Bäume floh, *bevor* ich Schlappohr kennenlernte, der dann mein bester Kamerad wurde. Und ebenso schlüssig ist, daß ich meine Mutter zwischen diesen beiden Begebnissen verließ.
Die einzige Erinnerung, die ich an meinen Vater habe, ist die Geschichte mit den Wildschweinen. In den darauffolgenden Jahren ist er kein einziges Mal wieder aufgetaucht, was nur bedeuten kann, daß er kurz danach umgekommen ist. Und daß es kein natürlicher Tod war, ist außer Zweifel. Er stand in voller Manneskraft. Nur ein plötzlicher, gewaltsamer Tod kann sein Ende gewesen sein. Ob er nun im Fluß ertrank oder von einer Riesenschlange verschluckt wurde oder im Bauch des alten Tigers Dolchzahn endete, das werde ich nie erfahren.

Man muß sich nämlich klarmachen, daß ich mich nur an das erinnere, was ich in jener vorgeschichtlichen Zeit mit eigenen Augen sah. Wenn meine Mutter wußte, auf welche Weise mein Vater ums Leben gekommen ist, so hat sie es mir jedenfalls nie erzählt. Ich glaube auch nicht, daß ihr Vokabular dazu ausgereicht hätte, mir einen so komplizierten Tatbestand zu vermitteln. Ich würde sagen, daß wir zu jener Zeit ein Vokabular von dreißig bis vierzig Lauten hatten.

Ich sage Laute, denn Wörter kann man das kaum nennen. Sie hatten keine feststehende Bedeutung, die durch Adjektive und Adverbien abwandelbar war. Solch sprachliche Feinheiten gab es damals noch nicht. Statt Substantive oder Verben durch Adjektive oder Adverbien näher zu bestimmen, gaben wir unseren Lauten die gewünschte Bedeutung durch den Tonfall oder durch die Häufigkeit und Tonlage, in der wir sie ausstießen, oder durch das Tempo. Jeder Laut erhielt seine eigene Nuance, je nachdem, ob wir ihn gedehnt oder stoßweise machten.

Konjugationen kannten wir nicht. Die Zeitform ergab sich aus dem Zusammenhang. Wir redeten sowieso nur über konkrete Dinge, weil wir nur konkret dachten. Außerdem bedienten wir uns mimischer Hilfsmittel. Die simpelste Abstraktion lag schon jenseits unserer Denkfähigkeit, und wenn mal jemand einen neuen Begriff entwickelte, so hatte er keine Möglichkeit, sich seinen Artgenossen mitzuteilen. Es gab ja keine Laute dafür. Er hatte über die Grenzen seines Vokabulars hinaus gedacht. Und wenn er neue Laute dafür formte, wurde er von den anderen nicht verstanden. So mußte er also den Gedanken, so gut es ging, mimisch darstellen und dabei immer wieder den neuen Laut machen.

So entwickelte sich die Sprache. Die wenigen Laute, die wir besaßen, befähigten uns, ein kleines Stückchen darüber hinaus zu denken. Dann wurden neue Laute geformt, um diese neuen Gedanken auszudrücken. Nur selten kam es vor, daß wir zu weit über die bestehenden Laute hinaus dachten und es uns gelang, abstrakte Begriffe zu formen. Die waren dann allerdings so unklar und verschwommen, daß es uns ganz unmöglich war, sie den anderen mitzuteilen. Die Sprache konnte sich in jener Zeit eben nur sehr langsam entwickeln.

Glauben Sie mir: wir waren ungemein primitiv. Aber wir hatten Fähigkeiten, die der Menschheit verlorengegangen sind. Zum Beispiel konnten wir willkürlich mit den Ohren schlackern, sie aufrichten oder anlegen. Auch konnten wir uns mit Leichtigkeit auf dem Rücken kratzen und mit den Füßen Steine werfen. Ich selbst habe es oft genug getan. Überdies konnte ich mit durchgedrückten Knien vornübergebeugt den Boden berühren, aber nicht nur mit den Fingerspitzen, sondern mit den Ellbogen! Und was das Ausnehmen von Vogelnestern betrifft – jeder Menschenjunge würde vor Neid erblassen. Aber wir sammelten die Eier nicht: wir aßen sie auf!

Dabei fällt mir ein – aber ich eile der Geschichte voraus. Zuerst will ich von Schlappohr erzählen und von unserer Freundschaft. Ich trennte mich schon sehr früh von meiner Mutter. Der Grund dafür war der neue Mann, den sie sich nach dem Tode meines Vaters nahm und an den ich verschiedene Erinnerungen habe, nur keine angenehmen. Er war ein schmächtiger Wicht. Es fehlte ihm irgendwie an Substanz. Außerdem redete er zuviel. Pausenlos. Er war zu flatterhaft, um irgendeine bestimmte Tätigkeit zielstrebig zu verfolgen. Wenn ich heute vor einem Affenkäfig stehe, muß ich immer unwillkürlich an ihn denken. Äffisch – das ist genau der richtige Ausdruck für ihn.

Er konnte mich vom ersten Augenblick an nicht ausstehen, und ich lernte schnell, mich vor ihm und seinen Gemeinheiten in acht zu nehmen. Sobald er in Sicht kam, verbarg ich mich in den Armen meiner Mutter. Aber ich wuchs heran, und es wurde unvermeidlich, daß ich mich hin und wieder aus ihrer Nähe entfernte, jedesmal ein bißchen weiter. Auf so eine Gelegenheit wartete der Schwätzer. An dieser Stelle muß ich erklären, daß wir damals keine Namen hatten. Für die Gestalten in meiner Erzählung habe ich selbst Namen erfunden, und ›Schwätzer‹ scheint mir für meinen sauberen Stiefvater genau der richtige zu sein. Mich selbst habe ich ›Langzahn‹ getauft, denn meine Eckzähne waren extrem lang.

Aber zurück zum Schwätzer. Er drangsalierte mich unaufhörlich. Ständig knuffte und puffte er an mir herum, und manchmal vergaß er sich sogar so weit, daß er mich in die Waden biß. Meine Mutter mußte oft eingreifen, und es war eine Wonne, wenn sie ihm das Fell gerbte, daß die Fetzen flogen.

Aber das Ende vom Lied war dann meist ein ausgewachsener Familienkrach mit mir als Zankapfel. Nein, ein glückliches Zuhause war es nicht. Dabei muß ich schmunzeln. Zuhause? So etwas gab es damals sowieso nicht. Mein Zuhause war da, wo meine Mutter sich zufällig aufhielt, und das konnte überall sein, wo sie bei Einbruch der Dunkelheit einen Baum fand.

Meine Mutter war nämlich altmodisch. Während die fortschrittlicheren Mitglieder unserer Horde schon in den Höhlen über dem Fluß lebten, blieb sie ihren Bäumen treu. Sie war allem Modernen gegenüber mißtrauisch. Die Bäume hatten uns immer gute Dienste geleistet und taten es auch weiterhin, meinte sie. Natürlich hatten wir einen ganz bestimmten Baum, auf dem wir normalerweise schliefen. Aber oft, wenn die Dunkelheit uns überraschte, übernachteten wir auch in anderen Bäumen. In ›unserem‹ Baum hatten wir in einer Gabelung, die sich dafür besonders eignete, mit Zweigen, Ästen und Schlingpflanzen eine Plattform errichtet. Das Ganze glich einem riesigen Vogelnest, nur tausendmal primitiver. Jedoch hatte es gegenüber einem Vogelnest den Vorteil, daß es überdacht war! Ach, nicht mit einem richtigen Dach, wie wir es heutzutage machen würden. Selbst die primitivsten Naturvölker unserer modernen Zeit würden etwas Manierlicheres zuwege bringen. Man kann ruhig sagen: es war recht und schlecht zusammengewurschtelt. Über der Gabelung, auf der wir unsere Schlafstelle hatten, lagen Laub und Reisig wahllos aufeinandergehäuft. Vier oder fünf angrenzende Gabelungen stützten die verschiedenen Firstbalken, das waren einfach nur dicke Knüppel von etwa einem Zoll Durchmesser. Darauf ruhte dann das Dach. Kein noch so lahmer Versuch war gemacht worden, es wenigstens mit Stroh zu decken, und wenn es nachts regnete, wurden wir alle naß.

Aber zurück zum Schwätzer. Er machte meiner Mutter und mir das Leben sauer. Die größte Energie aber verwendete er darauf, mich zu terrorisieren. Das war die einzige Beschäftigung, auf die er sich länger als fünf Minuten konzentrieren konnte. Dazu kam, daß meine Mutter im Laufe der Zeit in ihrem Eifer, mich vor ihm zu schützen, nachließ. Ich glaube sogar, daß ich ihr durch das ewige Gezänk des Schwätzers zur Last wurde. Jedenfalls verschlechterte sich unser Familienleben rapide, und ich spielte schon mit dem Gedanken, mein Zuhause zu verlassen, womit ich jetzt nicht das feuchte Nest im Baum meine, sondern unsere Gruppe. Leider sollte mir dieser bescheidene Triumph nicht vergönnt sein. Noch ehe ich mich vollends zu meinem Entschluß durchgerungen hatte, flog ich hinaus. Jawohl! Ich wurde buchstäblich hinausgeworfen.

Die Gelegenheit war dem Schwätzer günstig, als ich eines Tages allein im Nest zurückblieb, während er mit meiner Mutter zum Heidelbeersumpf ging. Er mußte es geplant haben, denn als er allein zurückkehrte, hörte ich schon von weitem sein Wutgeschrei, in das er sich künstlich hineinsteigerte. Wie es bei den Männern unserer Horde üblich war, wenn sie sich für einen Kampf in die nötige Rage arbeiteten, ballte er die Fäuste und trommelte sich damit auf die Brust.

Meine Lage war verzweifelt. Zitternd kauerte ich mich in die äußerste Ecke des Nests. Der Schwätzer kam geradewegs auf unseren Baum zu – es war eine Eiche – und kletterte hinauf, ohne auch nur eine Sekunde in seinem höllischen Gebrüll nachzulassen. Wie gesagt, unsere Sprache war sehr dürftig, und er muß sie aufs äußerste strapaziert haben, indem er mich in den verschiedensten Ton- und Stimmlagen von seinem unverbrüchlichen Haß informierte und von seinem Vorhaben, mir an Ort und Stelle den Garaus zu machen.

Er erreichte die Plattform, und ich floh auf den dicken Hauptast. Er folgte mir. Ich kroch immer weiter, bis ich die äußerste Spitze erreichte. Ein Feigling war mein Stiefvater immer schon gewesen, und größer als sein Haß auf mich war seine Ängstlichkeit. Er fürchtete sich, mir zu folgen, und mit Recht, denn bei seinem Gewicht wäre er durch das Blätterwerk gesegelt, noch ehe er mit mir fertig geworden wäre.

Das Risiko erübrigte sich aber, und das hatte der Schuft auch gewußt. Mit haßerfüllter Miene und vor grausamer Schläue blitzenden Äuglein fing er an, an dem Ast zu rütteln. Zu rütteln! Ich klammerte mich verzweifelt an die Zweige, die einer nach dem anderen abbrachen, und zwanzig Fuß unter mir gähnte der Abgrund.

Er rüttelte und schüttelte immer heftiger an meinem Ast und grinste mich dabei hämisch an. Da kam das Ende. Alle vier Stützen barsten auf einmal, und ich fiel – fiel durch die Luft – fiel mit dem Rücken zuerst durch die Luft! Noch im Fallen sah ich zu ihm auf und krallte mich mit Händen und Füßen in die abgebrochenen Zweige. Zum Glück warteten unten keine Wildschweine auf mich, und mein Aufprall wurde gedämpft durch das feste, federnde Unterholz.

Gewöhnlich reißt bei einem solchen Fall mein Traum ab. Der Schock genügt, mich im Bruchteil einer Sekunde durch einen Zeitraum von tausend Jahrhunderten in mein Kinderbettchen zu schleudern, wo ich dann zitternd und schwitzend liege und auf das Ticken der Kuckucksuhr draußen in der Diele lausche.

Diesen Traum jedoch habe ich schon oft geträumt und bin noch nie davon wach geworden. Jedesmal falle ich schreiend durch das knackende und krachende Unterholz und lande mit einem dumpfen Aufprall auf dem Boden.

Zerkratzt und zerbeult blieb ich wimmernd liegen, wo ich hingefallen war. Durch die Blätter konnte ich den Schwätzer sehen. Er hob ein dämonisches Freudengeheul an und rüttelte im Takt dazu an den Ästen. Ich stellte meine Klagelaute bald ein, denn ich war nun nicht mehr in der Sicherheit der Bäume und kannte die Gefahren, die mir von den Raubtieren drohten, wenn ich meinem Schmerz allzu geräuschvoll Ausdruck verlieh.

Allmählich erstarben denn auch meine Schluchzer, und meine Aufmerksamkeit richtete sich auf die interessanten Lichteffekte, die entstanden, wenn ich meine tränennassen Lider einen Spalt öffnete und wieder schloß. Dann überprüfte ich den Schaden und stellte fest, daß ich eigentlich nicht sonderlich schwer verletzt war. Hier und da hatte ich ein paar Haarbüschel von meinem Fell eingebüßt, und das gezackte Ende eines abgebrochenen Zweigs hatte sich tief in meinen Unterarm gebohrt. Meine rechte Hüfte schmerzte unerträglich. Aber das waren alles keine ernst zu nehmenden Verletzungen. Unser Fleisch heilte damals viel leich-

ter als bei den heutigen Menschen. Mir war das Wichtigste, daß ich keine Knochen gebrochen hatte. Trotzdem, es war ein schwerer Fall gewesen, und ich humpelte noch eine Woche danach.

Während ich noch so im Gebüsch lag, überkam mich ein Gefühl der Verlassenheit. Nun hatte ich kein Zuhause mehr. Ich beschloß, nie wieder zu meiner Mutter und dem Schwätzer zurückzukehren. Weit weg wollte ich gehen, durch den gefährlichen Wald, und mir einen eigenen Baum suchen. Nahrung war kein Problem. Seit mindestens einem Jahr schon hatte ich mich selbst ernährt. Das einzige, was meine Mutter mir noch gegeben hatte, war Schutz und Führung.

Vorsichtig kroch ich aus dem Dickicht hervor. Ich warf einen letzten Blick über die Schulter und sah, wie der Schwätzer immer noch an den Ästen rüttelte und dabei ein teuflisches Gelächter von sich gab. Es war kein erbaulicher Anblick. Ich wußte genau, wie man Gefahren vermeidet, und auf dieser meiner ersten Reise in die Welt wollte ich besonders vorsichtig sein.

Auf den Weg achtete ich kaum. Mein einziges Ziel war, so schnell wie möglich aus der Reichweite des Schwätzers zu kommen. Ich kletterte in die Bäume und wanderte stundenlang von Baum zu Baum, ohne den Boden zu berühren. Ich folgte keiner bestimmten Richtung und hielt auch kein gleichmäßiges Tempo ein. Wie alle meine Artgenossen war ich inkonsequent und planlos. Nun war ich ja auch noch ein Kind und hielt immer wieder inne, um zu spielen.

Was unmittelbar geschah, nachdem ich mein Zuhause verließ, weiß ich nicht zu sagen. In meinen Träumen kommt davon wenig vor. Mein anderes Ich hat viel vergessen, besonders aus jener Zeitspanne. Auch ist es mir nicht gelungen, anhand der anderen Träume ein Verbindungsglied herzustellen zwischen dem Verlassen meines Heimatbaums und meiner Ankunft bei den Höhlen.

Ich weiß nur noch, daß ich mehrmals an baumfreie Stellen gelangte, die ich dann mit großer Angst und in rasendem Tempo überquerte. Und ich erinnere mich auch, daß es Regentage gab und Tage, an denen die Sonne schien. Ich muß also ziemlich lange allein unterwegs gewesen sein. Besonders oft träume ich, wie elend ich war, wenn es regnete, und wie ich Hunger litt und auf welche Art ich ihn stillte. Einige Bilder stehen mir noch lebhaft vor Augen: auf einer felsigen Hügelkuppe mache ich Jagd auf kleine Eidechsen. Sie flitzen zwischen den Felsplatten hindurch, aber als ich hier und da einen Brocken umwälze, fange ich doch welche. Von diesem Hügel werde ich von Schlangen vertrieben, die ganz harmlos auf den Steinen liegen und sich sonnen. Meine Urangst von ihnen ist jedoch so groß, daß ich Hals über Kopf die Flucht ergreife. Dann nage ich an der bitteren Rinde junger Bäume.

Ich erinnere mich vage, daß ich viele grüne Nüsse aß, mit weichen Schalen und einem milchigen Kern. Ganz deutlich erinnere ich mich, wie ich Bauchweh bekam. Das mochte von den grünen Nüssen oder von den Eidechsen gekommen sein. Ich weiß es nicht. Ich weiß nur, daß ich von Glück sagen kann, denn ich hätte leicht aufgefressen werden können, während ich mich vor Schmerzen auf dem Boden krümmte.

5. KAPITEL

Plötzlich war der Wald zu Ende. Vor mir tat sich eine große Schneise auf, die an der einen Seite von einer hohen Felswand mit Höhlen und an der anderen von einem Fluß begrenzt wurde. Das Flußufer fiel steil ab. An mehreren Stellen waren vor langer Zeit durch einen Erdrutsch Rampen entstanden. Diese dienten nun dem Höhlenvolk als Trinkstelle.

Ich war durch Zufall auf die Siedlung dieses Stammes gestoßen und stand nun praktisch mitten auf dem Dorfplatz. Meine Mutter, der Schwätzer und ich waren also sozusagen Vorortsbewohner: wir gehörten zur Horde, lebten aber am Rande ihrer Hauptwohnstatt. Die Entfernung war minimal, wenn ich auch eine volle Woche gebraucht hatte. Später erfuhr ich, daß ich den Weg in einer Stunde hätte zurücklegen können.

Sieben Tage lang war ich allein und voller Angst durch den Wald gestreift, ohne einem einzigen Artgenossen zu begegnen. Daher konnte ich mich nun vor Freude kaum fassen, und nach kurzem Zögern rannte ich auf die Dörfler zu. Nun geschah etwas Merkwürdiges. Einer von ihnen sah mich kommen und stieß einen schrillen Warnschrei aus. In panischem Schrecken flohen sie alle springend und kletternd die Felswand hinauf und verschwanden in den Höhlen. Alle – außer einem. Es war ein kleines Kind, das die Mutter in der Aufregung am Fuße der Felswand hatte fallen lassen. Es schrie erbärmlich. Da machte sie einen Satz darauf zu, es schlang sich um ihren Leib, und sie kraxelte wieder in ihre Höhle zurück.

Ich war wieder mutterseelenallein. Der große Platz war mit einem Mal wie leergefegt. Ich hockte mich hin und weinte leise in mich hinein. Was war geschehen? Warum waren sie alle weggelaufen? Später, als ich ihre Lebensgewohnheiten kannte, wurde mir alles klar: als sie mich aus dem Wald rennen sahen, meinten sie, ein gefährliches Tier sei hinter mir her. Durch mein plötzliches Erscheinen auf der Bildfläche hatte ich sie alle in die Flucht geschlagen!

Wie ich noch so dasaß und ratlos an der Felswand hochsah, hatte ich das deutliche Gefühl, beobachtet zu werden. Einer nach dem anderen steckten sie ihre Köpfe heraus, und bald flogen von Höhle zu Höhle kurze Rufe hin und her. Viele Kinder hatten in der Eile in fremden Höhlen Zuflucht gesucht. Nun riefen ihre Mütter sie zu sich, aber nicht beim Namen. Sie waren ja alle namenlos. Nein, sie stießen besorgte, ängstliche Schreie aus, die von ihren Kindern sofort verstanden wurden. Hätte meine Mutter so nach mir gerufen – ich hätte ihre Stimme aus tausend anderen Stimmen herausgehört, und auch sie hätte meine Rufe unter tausend anderen Kindern erkannt.

Dieses Hin und Her ging eine Weile so fort, aber niemand wagte sich heraus. Schließlich machte einer den Anfang.

Es sollte später noch eine wichtige Rolle in meinem Leben spielen.

Bei den anderen Hordenmitgliedern tat er es schon.

Ich will ihn in dieser Erzählung Rotauge nennen – wegen

seiner entzündeten Augen. Seine Lider waren immer rot angelaufen – ein äußeres Merkmal seiner Brutalität.

Er war in jeder Beziehung ein Ungeheuer. Von riesenhaftem Wuchs – er wog bestimmt seine hundertsiebzig Pfund –, war er mit Abstand der Stärkste und Größte unserer Gattung. Jedenfalls ist mir nie ein Stärkerer und Größerer begegnet, weder bei den Feuermachern noch bei den Bäumlern. Manchmal, wenn ich heute in der Zeitung von Preisboxern und Kraftprotzen lese, frage ich mich, ob auch nur einer unter ihnen ist, der es mit ihm hätte aufnehmen können. Kaum. Mit einem einzigen Ruck seiner stählernen Finger hätte er ihnen einen Arm ausgerissen, mit einem lässigen Schlag seines Handrückens die Schädeldecke zerschmettert, und ein einziger schwungvoller Wischer mit dem Fuß hätte genügt, ihnen den Bauch aufzuschlitzen. Mit einer leichten Drehung seiner Pranke hätte er ihnen das Genick gebrochen und ihnen noch nebenbei die Halsschlagader durchgebissen.

Er konnte aus dem Sitzen zwanzig Fuß weit springen. Er war entsetzlich behaart. Wir anderen freuten uns und waren stolz, wenn wir nicht allzu behaart waren, aber Rotauge war von oben bis unten ganz mit Haaren bedeckt, selbst an der Innenseite der Arme und um die Ohren herum. Die einzigen haarlosen Stellen an ihm waren die Handflächen und Fußsohlen und ein schmaler Streifen unter den Augen. Er war scheußlich anzusehen. Sein heimtückisches Grinsen und die schwulstige, hängende Unterlippe bildeten das passende Gegenstück zu seinen fürchterlichen Augen. Das war Rotauge.

Behutsam kroch er nun aus seiner Höhle und kletterte an der Felswand hinunter. Ohne mich eines Blickes zu würdigen, begann er, das Terrain zu erforschen. Er ging mit weit vorgebeugtem Oberkörper, und seine Arme waren so lang, daß er bei jedem Schritt mit den Fingergelenken den Boden berührte. Dieser halbaufrechte Gang bereitete ihm einige Schwierigkeiten, und wenn er sich mit den Fingern abstützte, dann geschah das nicht zufällig, sondern weil er sonst das Gleichgewicht verloren hätte. Aber wenn er sich auf alle viere niederließ – wie er dann laufen konnte! Das war etwas, worin wir anderen besonders ungeschickt waren. Bei uns kam es überhaupt äußerst selten vor, daß jemand sich beim Gehen mit den Fingerknöcheln abstützte. So einer wäre ein atavistisches Phänomen gewesen. Und das war er: Rotauge war ein atavistisches Phänomen. Wir waren schon vor Generationen von den Bäumen gestiegen und hatten den aufrechten Gang erlernt. Unser Körperbau und unsere Haltung hatten sich entsprechend entwickelt. Nur Rotauge trug noch die Merkmale der primitiven Baumvölker. Aber da er nun einmal in unserer Horde geboren war, blieb er bei uns. Wo sollte er auch anders hin?

Argwöhnisch tappte er auf dem Platz herum, lugte zwischen den Baumstämmen hindurch in den Wald und suchte das wilde Tier, das sie alle auf meiner Fährte vermuteten. Und während er noch damit beschäftigt war, ohne die geringste Notiz von mir zu nehmen, zeigten die Dörfler sich einer nach dem anderen an ihren Höhleneingängen und sahen gespannt zu.

Schließlich hatte er sich davon überzeugt, daß keine Gefahr herrschte. Von der Rampe aus warf er einen letzten prüfenden Blick auf die Trinkstelle hinunter, dann watschelte er gemächlich auf mich zu, scheinbar ohne mich zu bemerken. Im Vorbeigehen versetzte er mir unvermittelt einen blitzschnellen Hieb über den Kopf, daß ich zwölf Fuß durch die Luft flog. Noch halb betäubt hörte ich, wie die Dörfler in schallendes Gelächter ausbrachen. Dergleichen galt nämlich damals noch als äußerst witzig, und die Dörfler hatten ihre helle Freude daran.

Auf diese Weise wurde ich in die Horde aufgenommen. Rotauge kümmerte sich nicht weiter um mich. Ich war mir mit meinem Elend selbst überlassen und heulte und schluchzte nach Leibeskräften. Einige Frauen traten neugierig näher. Ich erkannte sie wieder. Ich war ihnen im letzten Jahr mit meiner Mutter in der Haselnußschlucht begegnet.

Bald zogen sie sich wieder zurück, und statt ihrer scharten sich mindestens ein Dutzend Rangen um mich, die vorwitzig mit den Fingern auf mich zeigten, mir die Zunge herausstreckten und mich unablässig kniffen und pufften. Zuerst hatte ich Angst vor ihnen und ließ mir alles gefallen, dann aber packte mich die Wut, und ich flog dem schlimmsten von ihnen kratzend und beißend ins Gesicht. Es war kein anderer als Schlappohr. Ich nenne ihn so, weil er nur ein Ohr hochstrecken konnte. Das andere hing immer schlapp und leblos herunter, als Folge einer Muskelverletzung bei einer Rauferei.

Er krallte sich in mein Fell und wir prügelten uns, was das Zeug hielt. Wir kratzten uns und bissen uns und zogen uns an den Haaren und warfen uns gegenseitig auf den Boden.

Es gelang mir, ihn in einen Halbnelson zu zwingen, wie wir es heute im College nennen. Dies verschaffte mir einen entschiedenen Vorteil, aber das Glück sollte nicht lange währen. Schlappohr stellte ein Bein hoch, und mit dem Fuß (oder der Hinterhand) bearbeitete er meinen Bauch dermaßen, daß er zu platzen drohte. Ich mußte loslassen, um mich in Sicherheit zu bringen, und sogleich griff er mich von neuem an.
Schlappohr war ein Jahr älter als ich, dafür war ich tausendmal wütender als er, und am Ende gab er Fersengeld. Ich jagte ihm über die Schneise nach hinunter an den Fluß. Da er aber besser mit den Örtlichkeiten vertraut war, entwischte er mir über eine Rampe, rannte quer über den Platz und verschwand in der weiten Öffnung einer Höhle. Ich ihm nach in das schwarze Loch. In der Dunkelheit, die mich plötzlich umgab, überfiel mich eine panische Angst. Ich war noch nie in einer Höhle gewesen. Ich wimmerte und rief um Hilfe, aber Schlappohr kicherte nur und narrte mich und rief mir aus allen vier Ecken Spottlaute zu. Schließlich sprang er mich an und warf mich zu Boden. Einen weiteren Zweikampf riskierte er jedoch nicht. Er ließ von mir ab, und ich hatte nun das deutliche Gefühl, daß er nicht mehr in der Höhle war.
Um hinauszukommen, hätte er aber an mir vorbeigemußt. Davon hatte ich nichts gespürt.
Es mußte also noch einen anderen Ausgang geben. Ich horchte angestrengt – – – Nichts. Es herrschte Totenstille. Ich lief hinaus, setzte mich vor die Höhle und behielt den Eingang scharf im Auge.

Durch diese Öffnung war er nicht gekommen, davon war ich fest überzeugt. Und doch hockte er kurz darauf dicht hinter mir und kicherte mir ins Ohr. Ich sprang auf. Er verschwand mit einem Satz in der Höhle. Ich folgte ihm bis kurz vor die Öffnung und paßte auf. Er kam nicht heraus, und doch hörte ich kurz darauf sein glucksendes Lachen hinter mir. Wiederum verschwand er in der Höhle und wiederum blieb ich vor dem Eingang sitzen, und wiederum schlich er sich von hinten an mich heran.
So setzten wir das Spielchen noch eine Weile fort. Schließlich wurde es mir zu bunt. Ich folgte ihm in die Höhle, wo ich ihn umsonst in allen Ecken suchte. Es war zum Auswachsen!
So war aus unserer Prügelei unversehens ein Versteckspiel geworden. Darüber verging der Nachmittag. Hin und wieder machten wir eine Verschnaufpause, dann ging es weiter. Im Laufe der Stunden entwickelte sich zwischen uns ein freundschaftliches Gefühl, und als es Abend wurde, saßen wir schon einträchtig vor der Höhle. Dort verriet er mir das Geheimnis. Er führte mich an der Hand in die Höhle und ließ mich den schmalen Spalt betasten, der zur Nebenhöhle führte, aus der man auf der gegenüberliegenden Seite ins Freie gelangte.
So wurden Schlappohr und ich gute Freunde. Wenn die andern mich ärgerten, half er mir, ihnen das Fell zu versohlen, und wir wurden so fuchtig dabei, daß sie mich bald in Ruhe ließen. Er zeigte mir auch das Dorf und die nähere Umgebung. Von den Sitten und Gebräuchen der Höhlendörfler konnte er mir nicht viel erzählen, dazu fehlte ihm

der Wortschatz, aber ich lernte viel, indem ich ihn bei allem, was er tat, beobachtete.

Er führte mich zum Beispiel an eine Stelle im Wald, wo auf einem Grasviereck saftige Möhren wuchsen, an denen wir uns rundherum satt aßen. Dann tranken wir das kühle Wasser am Fluß und liefen über die Rampen hinauf zu den Höhlen.

Hier begegnete ich Rotauge zum zweitenmal. Ich bemerkte sein Nahen dadurch, daß Schlappohr sich auf einmal ganz klein machte und ängstlich gegen die Böschung drückte. Instinktiv folgte ich seinem Beispiel, ohne noch recht zu wissen warum. Da sah ich Rotauge. Breitbeinig kam er uns mitten über die Rampe entgegen. Mit seinen rot angelaufenen Augen warf er fürchterliche Blicke um sich. Ich hatte beobachtet, wie die Jungen sich vor ihm versteckten, während die Erwachsenen ihm respektvoll Platz machten.

Als es dämmerte, war die Schneise plötzlich wie ausgestorben. Die Dörfler hatten sich in die Sicherheit ihrer Höhlen zurückgezogen. Ich folgte Schlappohr zu seiner Schlafstelle hoch oben in der Felswand. Durch einen schmalen Spalt, der von unten aus nicht sichtbar war, zwängten wir uns ins Innere. In dieser winzigen Felskammer – sie war höchstens zwei Fuß hoch und etwa drei mal vier Fuß groß – schliefen wir eng aneinandergeschmiegt bis zum Morgen.

6. KAPITEL

Ich beobachtete, wie die furchtloseren Jungen unbekümmert in und um die Höhlen mit den weiten Öffnungen spielten und lernte bald, daß diese unbewohnt waren. Niemand wagte es, nachts darin zu schlafen. Nur die Höhlen mit den Spalteingängen waren zum Übernachten sicher genug. Je schmaler der Spalt, um so besser. Die Angst vor Raubtieren verfolgte uns Eiszeitler Tag und Nacht und machte uns das Leben zur Last.
Gleich am Morgen nach meiner ersten Nacht bei Schlappohr erfuhr ich am eigenen Leibe, wie wichtig so eine engschlitzige Höhle war. Es war gerade hell geworden, als Säbelzahn, der alte Tiger, auf die Schneise trat. Zwei Dörfler waren schon auf. Als sie ihn erblickten, ergriffen sie die Flucht. Ob nun aus lauter Kopflosigkeit oder weil sie es nicht mehr bis zu ihren eigenen Höhlen geschafft hätten – sie verschwanden in der weit offenen Höhle, in der ich am vorigen Nachmittag mit Schlappohr Versteck gespielt hatte. Säbelzahn hinterher. Was dort drinnen weiter geschah, kann keiner wissen. Es ist anzunehmen, daß die beiden durch den Verbindungsspalt in die anstoßende Höhle schlüpften. Dieser Spalt war zu eng für Säbelzahn, und er kam wütend und noch immer hungrig auf demselben Weg heraus, auf dem er hineingelangt war. Offenbar hatte er auf seinem nächtlichen Raubzug kein Glück gehabt und hoffte nun, seinen Hunger an einem der Unseren zu stillen. Als

er die beiden an der gegenüberliegenden Höhlenöffnung erblickte, machte er einen gewaltigen Satz auf sie zu. Aber sie waren schneller und verschwanden pfeilschnell durch den Spalt. Wutschnaubend kam er wieder hervor.

Da brach bei uns anderen die Hölle los. Wir drängelten uns vor den Höhleneingängen und auf den Felsvorsprüngen und kreischten und schnatterten in tausend Tonlagen. Dabei schnitten wir furchterregende Grimassen, um dem Tiger unsere Wut zu zeigen, die allerdings stark mit Angst gemischt war. Ich stimmte aus vollen Lungen in den allgemeinen Lärm mit ein und machte greuliche Fratzen. Die Nackenhaare standen mir zu Berge, und ich wurde geschüttelt von einer verzehrenden Rage.

Säbelzahn setzte eine Zeitlang sein Katz- und Mausspiel mit den beiden Dörflern fort, aber die schlüpften immer hin und her durch den Verbindungsspalt, und so bekam er sie nie zu fassen. Inzwischen waren wir anderen oben an der Felswand in Aktion getreten: jedesmal, wenn der Tiger sich vor der Höhle zeigte, bombardierten wir ihn mit Steinbrocken. Zuerst ließen wir sie nur so auf ihn hinunterfallen, aber bald schleuderten wir sie mit aller Kraft auf die Bestie. Säbelzahns Wut steigerte sich ins unermeßliche. Fauchend sprang er an der Felswand hoch, daß der Stein unter seinen Tatzen abbröckelte und zu Boden rieselte, doch Stück für Stück arbeitete er sich hoch. Bei diesem furchterregenden Anblick retteten sich selbst die Mutigsten unter uns in ihre Höhlen. Als ich verstohlen hinaussah, war die ganze Wand wie blankgefegt, außer Säbelzahn, der aber in diesem Moment abrutschte und zu Boden glitt.

Mein Triumphgeschrei rief sie alle wieder auf den Plan. Innerhalb von Sekunden war die Wand schwarz von zeternden Dörflern, und die Steinbrocken prasselten nur so auf den Tiger nieder. Säbelzahn raste. Immer wieder versuchte er, an der Wand hochzuklettern. Einmal gelangte er sogar bis hinauf zur ersten Höhlenreihe, doch die Öffnungen waren zu eng, und er fiel rücklings wieder zu Boden. Bei jedem neuen Sprung ging eine Welle der Furcht durch unsere Reihen. Anfangs flohen wir dann jedesmal in unsere Höhlen, und nur wenige blieben draußen, um ihn mit Steinen zu bombardieren, aber bald blieben wir alle draußen und ließen es Steine hageln.

Nie zuvor ist ein so majestätisches Geschöpf so gedemütigt worden. Säbelzahn war tief in seinem Stolz verwundet, daß er sich von einem armseligen Häuflein, wie wir es waren, überlisten lassen mußte. Knurrend und zähnefletschend stand er unten auf dem Platz, schlug heftig mit dem Schwanz um sich und schnappte nach den Steinbrocken. Einmal hatte ich gerade einen abgefeuert, als er aufsah. Der Stein traf ihn mit voller Wucht auf die Nasenspitze, und Säbelzahn jaulte laut auf und streckte alle viere in die Luft.

Er war geschlagen, und er wußte es. Mit einem letzten Rest von Würde stand er auf und stakste hocherhobenen Hauptes unter einem Steinhagel davon. In der Mitte der Schneise blieb er stehen und drehte sich noch einmal sehnsüchtig und mit hungrigen Augen nach uns um. Es fiel ihm offenbar schwer, auf diese üppige Mahlzeit zu verzichten, so greifbar nahe und doch unerreichbar fern. Wir mußten

unwillkürlich lachen. Wir lachten aus vollem Halse, lachten alle, lachten vor Spott und Verachtung und wohl auch Erleichterung, bis wir nicht mehr konnten.
Nun haben Tiere es gar nicht gern, wenn man sich über sie lustig macht, und Säbelzahn war keine Ausnahme. Brüllend vor Wut und Grimm machte er einen neuen Anlauf die Felswand hinauf. Darauf hatten wir nur gewartet. Der Kampf war für uns zum Spiel geworden, und wir machten uns einen Heidenspaß daraus, ihn mit einem Steinregen zu traktieren.
Aber das Vergnügen sollte nicht lange dauern. Säbelzahn kam sehr schnell wieder zur Vernunft, außerdem mußten unsere Geschosse ihm empfindlich weh getan haben. Ich erinnere mich lebhaft an sein Auge, das so geschwollen war, daß es ganz zu war. Jedenfalls trat er den Rückzug an. Ich habe das Bild noch lebendig vor Augen, wie er am Waldrand steht, mit bebenden Lefzen zu uns hinübersieht und mit einem letzten Fauchen zwischen den Baumstämmen verschwindet.
Ein ohrenbetäubender Lärm begleitete seinen Abzug. Wir schwärmten aus unseren Höhlen und untersuchten die Spuren, die seine Klauen an der bröckelnden Felswand hinterlassen hatten. Die beiden Dörfler, die in der Doppelhöhle festgesessen hatten, kamen stolz aus ihrem Schlupfwinkel. Wir scharten uns voller Bewunderung um sie. Einer war noch ein halbes Kind. Plötzlich knuffte seine Mutter sich durch die Menge und fiel wie eine Furie über ihn her. Sie zauste ihn und watschte ihn rechts und links und zeterte und keifte, daß es nicht anzuhören war. Nun war sie eine

stramme Frauensperson, mächtig behaart, und die Tracht Prügel, die sie ihrem Sohn verabreichte, war für die Horde ein ergötzliches Schauspiel. Wir quietschten vor Vergnügen und wälzten uns vor Lachen auf dem Boden.

Trotz der Angst, die ständig unter uns herrschte, lachten wir gern und viel. Unsere Heiterkeitsausbrüche waren unbändig. Die einfältigsten Dinge konnten uns zum Lachen bringen, und wenn wir lachten, dann gaben wir uns hemmungslos unserem Gelächter hin.

So wie wir mit Säbelzahn verfahren waren, gingen wir mit allen Tieren um, die unser Dorf bedrohten. Wir schützten unsere Trinkstellen, indem wir allen Tieren, die in unser Territorium eindrangen, einen Denkzettel gaben. Selbst den gefährlichsten Raubtieren spielten wir dermaßen übel mit, daß sie sich nie wieder in die Nähe unseres Dorfes wagten. Wir kämpften allerdings mit anderen Mitteln als sie. Wir waren von maßloser Angst beherrscht, und das machte uns listig und tückisch. Aber gerade diese Mischung aus Angst, Feigheit, List und Tücke half uns zu überleben, als die Welt noch jung und voll lauernder Gefahren war.

Schlappohr muß ungefähr ein Jahr älter gewesen sein als ich. Aus seiner Vergangenheit konnte er mir nichts erzählen, aber da ich seine Mutter nie zu sehen bekam, nahm ich an, daß er keine mehr hatte. Väter spielten in unserer Horde sowieso nur eine untergeordnete Rolle. Die Ehe als Institution stand noch auf einer niedrigen Entwicklungsstufe. Die Paare vertrugen sich oft nicht und trennten sich wieder, ganz wie heute, da man diesen Vorgang legalisiert. Aber bei uns gab es noch keine Gesetze. Brauch und Sitte

bestimmten unser Verhalten zueinander, und in dieser Beziehung waren unsere Sitten ziemlich chaotisch.
Immerhin zeigten wir aber schon Ansätze jener monogamen Verhaltensweise, die den künftigen Stämmen soviel Macht verleihen sollte. In den Nachbarbäumen meiner Mutter lebten verschiedene Paare, die sich treu blieben. Da das Leben in der Horde einer ausschließlichen Beziehung nicht förderlich war, hatten sie sich abgesetzt. So lebten sie dann viele Jahre zusammen, doch wenn einer der Partner starb oder gefressen wurde, suchte der Hinterbliebene sich in allen Fällen einen neuen.
Eins berührte mich sonderbar während meiner ersten Zeit in der Horde, und es gab mir viel zu denken: über allen hing eine namenlose, nicht mitteilbare Angst. Zuerst schien es, als sei sie verknüpft mit einer ganz bestimmten Richtung: dem Nordosten. Die Horde lebte in ständiger Angst vor etwas, das im Nordosten war oder aus dem Nordosten kam.
Wenn Schlappohr und ich zum Möhrenfeld gingen, das in nordöstlicher Richtung lag, wurde er immer ängstlich und kleinlaut, was sonst nicht seine Art war. Dann gab er sich lieber mit den übriggebliebenen zähen Wurzeln zufrieden, als sich ein Stück weiter zu wagen, wo sie süß und saftig waren. Wenn ich es dann aber tat, schimpfte er mit mir und gab mir zu verstehen, daß in jener Richtung eine schreckliche Gefahr lauerte. Worin genau diese Gefahr bestand, konnte er mir nicht sagen. Dafür war unser Vokabular zu beschränkt.
Ich genoß auf diese Weise so manch köstliches Mahl. Ob-

wohl ich beim Essen wachsam war und genau aufpaßte, konnte ich auch nicht die Spur einer Gefahr entdecken. Ich achtete immer darauf, daß ich mich notfalls in Sekundenschnelle auf einen Baum retten konnte, falls etwa der Gelbe Löwe oder Säbelzahn auftauchten.

Eines Tages, es war am Spätnachmittag, herrschte bei uns im Dorf große Aufregung. Ein einziges Gefühl beherrschte die ganze Horde: Angst. Die ganze Felswand wimmelte von Dörflern, die aufgeregt nach Nordosten zeigten. Ich hatte keine Ahnung, wovor sie sich so fürchteten, kletterte aber auf alle Fälle und ohne mich lange zu besinnen hinauf in unsere kleine Höhle. Von hier aus spähte ich über den Fluß nach Nordosten und sah zum ersten Mal in meinem Leben – Rauch! Es war das größte Tier, das ich jemals mit eigenen Augen erblickt hatte. Wie eine Riesenschlange richtete es sich hoch auf und wiegte den Kopf hin und her und wand und drehte sich in den Baumkronen. Und doch kam es mir vor, dem Gebaren der Dörfler nach, daß der Rauch an sich noch nicht das war, wovor sie sich fürchteten. Er war erst der Vorbote von etwas anderem. Was dieses andere war, konnte ich mir nicht vorstellen, und sie waren nicht in der Lage, es mir zu sagen. Doch bald sollte ich es erfahren, und da war es schrecklicher als der Gelbe Löwe, schrecklicher als der alte Säbelzahn, ja schrecklicher als alle Schlangen zusammen, und es war, als könne es auf der ganzen Welt nichts Schrecklicheres geben.

7. KAPITEL

Zahnlücke war auch so ein Junge, der kein Zuhause mehr hatte. Seine Mutter lebte in einer der Höhlen, aber da sie nach ihm noch zwei Junge bekommen hatte, war er hinausgeflogen und mußte sich nun selbst versorgen. Wir hatten den Rausschmiß in den letzten paar Tagen miterlebt, und es war die reinste Volksbelustigung gewesen. Zahnlücke wollte nämlich nicht weichen. Jedesmal, wenn seine Mutter die Höhle verließ, schlich er sich wieder hinein. Wenn sie ihn dann bei ihrer Heimkehr dort vorfand, hatte sie die herrlichsten Wutausbrüche. Die ganze Horde machte es sich zur Gewohnheit, diesem Schauspiel beizuwohnen. Zuerst drang aus dem Innern der Höhle ein Kreischen und Zetern, dann hörte man, wie sie ihn verdrosch, und gleich darauf Zahnlückes Geflenne. Das war das Zeichen für die beiden Jüngeren, sich an seiner Züchtigung zu beteiligen, und schließlich kam er in hohem Bogen aus der Höhle geflogen wie die Lavabrocken bei der Eruption eines mittleren Vulkans.
So ging das mehrere Tage hintereinander. Dann war Zahnlückes Trennung vom Elternhaus vollzogen. Mindestens eine halbe Stunde lang saß er noch mitten auf dem Platz und machte, von seinen Blutsverwandten unbeachtet, seinem Abschiedsschmerz Luft. Dann zog er bei Schlappohr und mir ein. Unsere Höhle war zwar eigentlich ein bißchen eng für drei, aber wenn man sich dünn machte, ging

es. Ich erinnere mich nur an diese eine Nacht zu dritt, demnach muß das Unglück gleich am nächsten Tag geschehen sein.

Es passierte am hellichten Tag. Morgens hatten wir uns noch an den Möhren gütlich getan. Dann spielten wir in den Bäumen Fangen. Dabei wurden wir so übermütig, daß wir unversehens in die hohen Bäume gerieten, die weiter nordöstlich vom Möhrenfeld standen. Ich weiß auch nicht, wie Schlappohr seine übliche Vorsicht vergessen konnte. Es lag wohl an unserem Spiel. Wir sprangen zehn oder fünfzehn Fuß weit, als ob es gar nichts wäre, und ließen und aus einer Höhe von zwanzig oder fünfundzwanzig Fuß fallen. Wenn ich das so hinschreibe, wird mir jetzt noch angst und bange dabei. Als wir älter und schwerer wurden, konnten wir so etwas nicht mehr machen. Aber damals waren unsere Knochen noch wie Gummi.

Zahnlücke entfaltete bei unserem Spiel eine erstaunliche Geschicklichkeit. Er hatte eine Methode, sich nicht von uns greifen zu lassen, die weder Schlappohr noch ich ihm ablernen konnten. Um ehrlich zu sein: wir getrauten uns nicht einmal, es zu versuchen.

Wenn einer von uns beiden der Fänger war, lief Zahnlücke in einem bestimmten Baum bis ans Ende eines hohen Asts. Von der Astspitze bis zum Boden waren es bestimmt siebzig Fuß, und es gab nichts, das einen Fall hätte unterbrechen und abfangen können. Aber etwa zwanzig Fuß tiefer und fünfzehn Fuß seitwärts war der dicke Ast des Nachbarbaums.

Wenn wir ihm dann auf den Ast folgen wollten, fing er

an, mit dem Gesicht zu uns wie wild auf- und abzuwippen, was uns natürlich an der Verfolgung hinderte. Aber das war noch nicht alles. Sobald wir uns an ihn herangepirscht hatten und ihn greifen wollten, ließ er sich von dem federnden Ast wie von einem Sprungbrett hintenüber ins Nichts schleudern. In der Luft machte er eine Seitwärtswendung und flog auf den Ast des Nachbarbaums zu, der sich unter der Wucht von Zahnlückes Sprung tief hinabbog, und manchmal knackte es gefährlich, aber der Ast brach nie, und durch die Blätter grinste Zahnlücke triumphierend zu uns hinauf.

Das letzte Mal, als er dieses Kunststück vollführte, war ich der Fänger. Er hatte gerade die Astspitze erreicht und fing an zu wippen, als Schlappohr von unten einen leisen Warnschrei ausstieß. Ich sah, daß er in der Hauptgabelung hockte und sich eng an den Stamm drückte. Instinktiv duckte ich mich. Zahnlücke hörte sofort auf zu wippen, aber der Ast hatte zu viel Schwung, und unfreiwillig hüpfte er in dem raschelnden Laub weiter auf und ab.

Unten knackte ein trockener Zweig. Ich sah hinunter und erblickte meinen ersten Feuermacher! Er schob sich sachte, aber unaufhaltsam auf dem Boden vorwärts und spähte zu uns hinauf. Zuerst hielt ich ihn für ein wildes Tier, denn seine Schultern und Lenden waren mit einem zerfetzten Stück Bärenfell bedeckt. Dann konnte ich sein Gesicht deutlicher erkennen und auch seine Hände und Füße. Er hatte große Ähnlichkeit mit meiner eigenen Gattung, nur daß er weniger behaart war und daß seine Hände sich mehr von seinen Füßen unterschieden.

Ich ahnte sofort: dies war die Gefahr, die uns von Nordosten drohte und sich durch Rauch ankündigte. Nur eins verwirrte mich: er wirkte durchaus nicht furchteinflößend. Rotauge hätte sich erst gar nicht mit ihm abgegeben. Er war alt, sein Gesicht war verhutzelt, und die Haare waren grau. Außerdem zog er ein Bein nach. Zweifellos konnten wir schneller laufen und besser klettern als er. Fangen konnte er uns nicht, soviel war sicher.

Aber er hatte etwas in der Hand, das ich nie zuvor gesehen hatte. Es waren Pfeil und Bogen, was mir damals allerdings noch nichts sagte. Woher sollte ich auch wissen, daß in diesem hölzernen Halbrund der Tod lauerte? Schlappohr wußte es. Offenbar hatte er früher schon einmal Feuermacher gesehen und kannte ihre Schliche.

Der Alte kreiste um unseren Baum und spähte zu Schlappohr hinauf, der im gleichen Tempo um den Stamm kreiste, und zwar so, daß er ihn immer zwischen sich und dem Feuermacher hatte. Da wechselte der abrupt die Richtung. Auch Schlappohr machte eine Kehrtwendung, aber zu spät: ein Pfeil schwirrte durch die Luft, um Haaresbreite an ihm vorbei, prallte an einem Ast ab und fiel zu Boden. Ich tanzte auf meinem luftigen Sitz vor Vergnügen auf und ab. Es war ein Spiel! Der Feuermacher warf uns Sachen an den Kopf, und wir mußten aufpassen, daß er uns nicht traf.

Das Spiel ging noch eine Zeitlang so weiter, aber Schlappohr ließ sich nicht ein zweites Mal erwischen. Da verlor der Feuermacher die Lust. Ich lehnte mich weit vor und machte ermunternde Laute. Ich wollte mit ihm spielen. Er sollte auch mich mit dem Ding zu treffen versuchen. Er sah mich,

ignorierte mich aber und wandte seine Aufmerksamkeit Zahnlücke zu, der noch immer auf seiner Astspitze wippte. Der erste Pfeil schnellte in die Höhe. Zahnlücke schrie vor Schreck und Schmerz schrill auf. Der Pfeil hatte ihn getroffen! Das ließ die Situation in einem ganz anderen Licht erscheinen. Die Lust am Spielen verging mir augenblicklich. Zitternd vor Angst klammerte ich mich an meinen Ast. Ein zweiter und dritter Pfeil surrte dicht an Zahnlücke vorbei durch das raschelnde Laub, flog in hohem Bogen durch die Luft und kehrte zur Erde zurück.

Der Feuermacher spannte erneut den Bogen. Er trat ein paar Schritte zurück, dann zur Seite. Die Bogensehne machte ›twäng‹, der Pfeil flog sirrend durch die Luft, und Zahnlücke stürzte mit einem Schrei, der mir durch Mark und Bein ging, vom Ast.

Ein Bündel von Armen und Beinen und Pfeilenden, die ihm aus Brust und Rücken hervorragten, wirbelte er siebzig Fuß tief durch die Luft, bis er unten schmetternd und mit Krachen und Bersten aufschlug. Wie ein Ball schnellte er noch einmal kurz hoch, dann blieb er liegen. Noch lebte er. Vor Schmerzen wand und wälzte er sich am Boden und zerrte mit Händen und Füßen an dem Pfeil. Ich erinnere mich noch, wie der Feuermacher mit einem dicken Stein in der Hand auf ihn zulief und ihm die Schädeldecke zertrümmerte, danach weiß ich nichts mehr. Denn meine ganze Kindheit hindurch bin ich an dieser Stelle schreiend aufgewacht. Oft saß dann schon meine Mutter oder die Kinderfrau an meinem Bett, streichelte mir beruhigend übers Haar und versicherte mir, daß ich keine Angst zu haben brauche.

Der nächste Traum, der den Anschluß an diesen bildet, beginnt immer mit der Flucht von Schlappohr und mir durch den Wald nach Hause. Der Feuermacher und der Baum, unter dem sich das Drama mit Zahnlücke abgespielt hatte, kommen darin nicht mehr vor. In meinem Bein ist ein stechender Schmerz, und aus dem Fleisch ragt auf beiden Seiten ein Pfeil des Feuermachers hervor. Nicht nur tut das beim Gehen höllisch weh – es behindert mich auch in meinen Bewegungen und macht es mir unmöglich, mit Schlappohr Schritt zu halten.

Bald konnte ich nicht mehr weiter. Ich blieb einfach in einer Astgabelung sitzen. Schlappohr war schon weitergelaufen. Ich rief ihm nach. Es muß sehr kläglich geklungen haben, denn er blieb stehen und drehte sich um. Dann kam er zurück. Er kletterte zu mir in den Baum und untersuchte die Wunde in meinem Bein. Er versuchte, den Pfeil herauszuziehen, aber an der einen Seite war die Spitze und an der anderen der fedrige Schaft. Die Reibung tat entsetzlich weh, und ich flehte ihn an, aufzuhören.

Eine Weile blieben wir so in dem Baum hocken. Schlappohr war nervös und hatte es eilig, wegzukommen. Ständig sah er sich ängstlich nach allen Seiten um. Ich wimmerte und schluchzte leise vor mich hin. Schlappohr war ganz eindeutig in einer Zwickmühle. Daß er trotz seiner Angst bei mir ausharrte, deute ich als Ansatz jener Selbstlosigkeit und Kameradschaftlichkeit, die dazu beigetragen haben, den Menschen zum edelsten aller Geschöpfe zu machen.

Schlappohr machte einen erneuten Versuch, mir den Pfeil aus dem Bein zu ziehen, da wurde ich grob und fuhr ihn an, er solle endlich aufhören. Nun beugte er sich über mich und fing an, den Pfeil mit den Zähnen zu durchnagen. Die beiden Enden hielt er mit den Händen fest, damit der Schaft sich nicht in der Wunde bewegen konnte.

Ich denke oft über diese Episode nach: zwei Halbwüchsige am Anfang der Menschheitsgeschichte, von denen der eine Herr über seine Angst wird und den egoistischen Impuls, zu fliehen, unterdrückt, um dem anderen Hilfe und Beistand zu leisten. Dann steigen vor mir die Bilder all derer auf, die in seine Fußstapfen treten sollten: Damon und Pythias, Lebensrettungsmannschaften und Rotkreuzschwestern, alle Märtyrer und Idealisten, Pater Damien und schließlich Christus selbst und alle Menschen auf der Erde, deren Seelengröße ihren Ursprung in den Schlappohrs und Zahnlükkes jener Jüngeren Welt hatte.

Als Schlappohr den Kopf des Pfeils abgenagt hatte, konnte er mühelos das andere Ende herausziehen. Ich wollte sofort weiter, aber diesmal war er es, der mich zurückhielt: die Wunde blutete stark. Offenbar waren etliche Äderchen gerissen. Schlappohr lief auf die Astspitze und riß eine Handvoll frischer Blätter ab. Damit stopfte er mir die Wunde zu. Es wirkte sofort. Das Bluten hörte auf, und gemeinsam machten wir uns auf den Heimweg, zurück in die Sicherheit unserer Höhle.

8. KAPITEL

Wie gut erinnere ich mich noch an den ersten Winter meines selbständigen Lebens. Ich habe lange Träume, wie ich in der Kälte sitze und zittere. Schlappohr und ich hocken dicht zusammen, die Arme umeinander geschlungen, mit blauen Nasen und klappernden Zähnen.
Gegen Morgen wurde es immer besonders schlimm. Dann war an Schlafen kaum zu denken. Mit steifen Gliedern warteten wir, jämmerlich in einer Ecke kauernd, bis die Sonne aufging und uns wärmte. Wenn wir dann aus der Höhle kamen, knirschte der Frost unter unseren Füßen.
Eines Morgens entdeckten wir eine dünne Eisschicht auf dem Fluß, wo unsere Trinkstelle war. Es entstand ein großes Tamtam. Der alte Markbein war das älteste Hordenmitglied, und selbst er hatte dergleichen nie gesehen. Ich sehe noch deutlich sein kummervolles Gesicht, als er die Eisschicht betastete. Diesen bekümmerten Ausdruck bekamen wir übrigens alle, wenn wir etwas nicht verstanden oder wenn uns ein unbestimmbares, unnennbares Verlangen ergriff. Selbst Rotauge war kleinlaut geworden und starrte über den Fluß in Richtung Nordosten, als ob er die Feuermacher auch für diese neue Kalamität verantwortlich mache.
Dies war der erste und letzte Morgen, an dem wir Eis auf dem Fluß fanden. Kein Winter war wieder so kalt wie dieser. Oft denke ich, daß er vielleicht der erste der kalten Win-

ter war, die nun folgten, als die Eisdecke sich von Norden her langsam über die Erdkugel schob. Aber diese Eisdecke haben wir nicht mehr erlebt. Viele Generationen kamen und gingen, ehe die Nachfolger der Horde entweder südwärts zogen oder sich den veränderten Lebensbedingungen anpaßten.

Unser Leben wurde von Glück und Zufall bestimmt. Wir lebten unbekümmert in den Tag hinein. Selten wurde etwas geplant und noch seltener das Geplante durchgeführt. Wir aßen, wenn wir Hunger hatten, tranken, wenn der Durst uns quälte, und gingen unseren fleischfressenden Feinden so gut es ging aus dem Wege. Nachts suchten wir Schutz in unseren Höhlen, und ansonsten spielten wir uns irgendwie durchs Leben.

Wir waren überaus neugierig. Die kleinste Kleinigkeit brachte uns zum Lachen, und wir waren voller lustiger Streiche und zu jedem Unsinn aufgelegt. Wir konnten einfach nicht ernsthaft sein, außer wenn uns Gefahr drohte oder wenn wir wütend waren, aber beides war schnell vergessen.

Wir hatten keine Vorstellung von Zeit. Wir waren unfähig, einen Gedanken oder ein Ziel logisch zu verfolgen. Darin waren die Feuermacher uns voraus. Gelegentlich zeigte es sich jedoch, besonders im Bereich der Gefühle, daß auch wir nach der Erfüllung langgehegter Wünsche trachten konnten. Beispiele dafür sind meine jahrelange Sehnsucht nach der Leichtfüßigen und die anhaltende Fehde, die ich mit Rotauge führte.

Aber wie dumm wir doch waren! Einmal fand ich einen

geplatzten Flaschenkürbis, der zufällig mit der Öffnung nach oben lag und voller Regenwasser war. Das Wasser schmeckte gut. Ich trank ihn bis auf den Grund leer. Ich nahm ihn sogar mit zum Fluß, um ihn wieder zu füllen, und trank ihn halb aus. Den Rest schüttete ich aus Jux über Schlappohr aus. Und dann warf ich den Kürbis fort! Es kam mir überhaupt nicht in den Sinn, ihn mit Wasser zu füllen und in unsere Höhle zu tragen, obwohl ich oft nachts Durst bekam, besonders wenn ich wilde Zwiebeln gegessen hatte, und keiner von uns hätte es gewagt, im Dunkeln an die Trinkstelle zu gehen.

Ein andermal fand ich einen trockenen Kürbis, in dem die Kerne lustig rasselten. Ich spielte eine Weile damit, und dabei blieb es. Für mich war es weiter nichts als ein Spielzeug. Es sollte aber nicht mehr lange dauern, bis die Benutzung von Kürbissen als Wasserbehälter bei unserer Horde allgemeiner Brauch wurde. Leider kann ich mich nicht rühmen, ihn eingeführt zu haben. Es war der alte Markbein. Doch bei aller Ehre, die ihm gebührt, muß doch jeder zugeben, daß es lediglich seine Gebrechlichkeit war, die ihn zu dieser Entdeckung getrieben hatte.

Wie dem auch sei: Markbein war der erste in unserer Horde, der einen hohlen Kürbis zu etwas anderem als nur zum Spielen benutzte. Er hielt sich einen ständigen Wasservorrat in seiner Höhle, beziehungsweise der Höhle seines Sohnes, des Haarlosen, bei dem er eine Ecke bewohnte.

Anfangs sahen wir nur zu, wie er sich seinen Kürbis an der Trinkstelle umständlich mit Wasser füllte und vorsichtig zur Höhle hinauftrug. Der Nachahmungstrieb war bei uns stark ausgeprägt, und einer nach dem anderen besorgten wir uns einen ausgehöhlten Kürbis und imitierten Markbein, bis es zum allgemeinen Brauch wurde.

Manchmal war der alte Markbein krank und konnte tagelang die Höhle nicht verlassen. Dann ging der Haarlose und füllte seinem Vater den Kürbis mit Wasser. Bald übertrug er diese Aufgabe Langlippe, seinem Sohn, und seitdem trug der das Wasser, auch als Markbein längst wieder gesund war. Nach und nach gingen auch die anderen Männer dazu über, das Wassertragen den Frauen und älteren Jungen zu überlassen. Nur Schlappohr und ich waren unabhängig. Wir trugen nur für uns selbst Wasser und hänselten unsere Kameraden, wenn sie vom Spielen weggerufen wurden, um die Kürbisse zu füllen.

Wir machten nur sehr langsam Fortschritte in unserer Entwicklung. Das Leben war für uns alle, auch die Erwachsenen, nur ein Spiel. Das bißchen, was wir lernten, ergab sich nebenbei beim Spielen durch unsere Neugier und unsere Fürwitzigkeit. Aber wie gesagt, zu meinen Lebzeiten bestand die umwerfendste Neuerung bei der Horde in der Entdeckung, daß man in Kürbissen Wasser transportieren konnte.

Eines Tages füllte eine der Frauen – ich weiß jetzt nicht mehr welche – ihren Kürbis mit Brombeeren und trug ihn in ihre Höhle. In Null Komma nichts trugen alle Frauen Beeren und Nüsse und Wurzeln in Kürbissen herum. Die Idee hatte eingeschlagen und war nun in ihrer Entwicklung nicht mehr aufzuhalten. Den nächsten Schritt verdankten wir wieder einer Frau. Ob nun ihr Kürbis zu klein war

oder ob sie ihn vergessen hatte – sie legte zwei große Blätter nebeneinander, heftete sie mit kleinen Zweigen zusammen und trug darin mehr Beeren nach Hause als selbst der größte Kürbis hätte aufnehmen können.
So weit kamen wir während der Zeit, die ich bei der Horde verbrachte, aber keinen Schritt weiter. Nie wäre es einem von ihnen eingefallen, aus Weidenruten einen Korb zu flechten. Manchmal banden sie die Farne und das Reisig, das sie als Matratze in ihre Höhlen schleppten, mit starken Schlingpflanzen zusammen. Möglich, daß wir zehn oder zwanzig Generationen später auf die Idee gekommen wären, Körbe zu flechten. Der nächste Schritt wäre dann das Weben von Kleidern gewesen. Und indem wir unsere Blöße bedeckten, hätten wir angefangen, uns unserer Nacktheit zu schämen.
So ging die Entwicklung der Menschheit später immer rascher voran. Aber damals noch nicht. Wir steckten ja noch in den allerersten Anfängen. In einer einzigen Generation konnten wir natürlich nicht weit kommen. Wir hatten weder Waffen noch Feuer, und unsere Sprache war äußerst primitiv. ›Sprache‹ konnte man diese Laute eigentlich noch gar nicht nennen, und an Schriftzeichen war erst recht nicht zu denken. Schon der Gedanke daran ist absurd.
Um zu schildern, wie willkürlich unsere Entwicklung damals vor sich ging, will ich erzählen, wie ich um ein Haar die Zähmung des Hundes bewerkstelligt hätte – wenn Schlappohr nicht so gefräßig gewesen wäre. Dies war noch nicht einmal den Feuermachern gelungen, die im Nordosten lebten und uns sonst in allem voraus waren. Hier

nun ist die Geschichte, wie durch Schlappohrs Freßgier unsere Entwicklung um Generationen zurückgehalten wurde. Ziemlich weit in Richtung Westen erstreckte sich ein großes Sumpfgelände, das im Süden von einer Kette niedriger Steinhügel gesäumt wurde. Dorthin verloren wir uns selten, denn erstens gab es wenig Nahrung zu finden, und zweitens wimmelte es in diesen Felsen nur so von fleischfressenden Tieren.

Eines Tages verirrten wir beide, Schlappohr und ich, uns aber doch in diese Gegend. Wir hatten unsern Spaß mit einem Tiger getrieben – bitte nicht lachen – und waren unversehens in die steinigen Hügel geraten. Es war natürlich wieder der alte Säbelzahn. Frühmorgens waren wir ihm zufällig im Wald begegnet, und da uns in den Baumkronen nichts passieren konnte, machten wir hemmungslos unserem Haß Luft. Von Ast zu Ast, von Baum zu Baum verfolgten wir ihn mit einem so höllischen Spektakel, daß alle Waldbewohner gewarnt wurden und Zeit hatten, sich in Sicherheit zu bringen.

An diesem Morgen verdarben wir ihm gründlich alle Chancen auf eine Beute. Säbelzahn schäumte vor Wut. Er knurrte und fletschte die Zähne und schlug wild mit dem Schwanz um sich, und ab und zu blieb er stehen und betrachtete uns nachdenklich, als überlege er, ob nicht doch irgendwie an uns heranzukommen sei. Aber wir lachten nur und bewarfen ihn mit Zweigen und Stöckchen.

So eine Tigerjagd galt bei uns als beliebte Abwechslung. Manchmal hetzte die halbe Horde einen Tiger oder Löwen von den Bäumen aus durch den Wald. So rächten wir uns

für den Verlust unserer Artgenossen, die in ihrem Bauche geendet hatten. Auch wollten wir den Raubtieren eine Lektion erteilen, damit sie sich künftig nicht mehr in unserem Territorium blicken ließen. Vor allem aber machte es uns allen einen Heidenspaß.
Schlappohr und ich hatten Säbelzahn drei Meilen weit durch den Wald gejagt. Am Ende zog er den Schwanz ein und floh wie ein geprügelter Hund vor unseren Schimpf- und Schmähtiraden. Wir setzten ihm noch eine Weile nach. Als wir aber den Waldrand erreicht hatten, war er nur noch ein Strich im Gelände.
Wie wir auf die Idee kamen, uns über die baumlose Ebene bis hin zu den Felsenhügeln zu wagen, weiß ich jetzt auch nicht mehr. Es muß die reine Neugier gewesen sein. Wir spielten ein bißchen unter den Bäumen, dabei kamen wir immer weiter vom Waldrand ab. Vorsichtig schlichen wir uns um einen Felsvorsprung, als wir plötzlich auf drei Hundejungen stießen, die ausgelassen in der Sonne spielten.
Zuerst bemerkten sie uns nicht, und wir konnten sie ungestört beobachten. Es waren wilde Hunde. In der Felswand war ein enger Spalt, der offenbar in ihren Bau führte, in dem ihre Mutter sie zurückgelassen hatte, um auf Beutejagd zu gehen. Hätten sie ihrer Mutter gehorcht, dann wären sie schön darin geblieben. Aber derselbe jugendliche Übermut, der Schlappohr und mich veranlaßt hatte, die Sicherheit der Bäume zu verlassen, hatte diese Hundejungen aus ihrer Höhle gelockt, um draußen herumzutollen. Was ihre Mutter mit ihnen gemacht hätte, weiß ich aus eigener Erfahrung nur zu gut.

So aber kamen wir ihr zuvor. Schlappohr und ich wechselten einen verständnisinnigen Blick und sprangen auf sie los. Die armen Viecher kannten nur einen Fluchtweg: zurück in den Bau, und den hatten wir ihnen versperrt. Eins lief mir zwischen die Beine, und ich brauchte mich nur zu bücken und es am Genick aufzuheben. Es schlug seine spitzen Zähne in meinen Arm, und ich ließ es vor Schreck und Schmerz fallen. Sekunden später war es in der Höhle verschwunden.

Schlappohr, der sich mit dem zweiten Hund abquälte, gab mir durch eine Kombination von Lauten zu verstehen, daß er mich für einen Vollidioten hielt. Ich schämte mich so, daß ich mit dem Mut der Verzweiflung das dritte Junge beim Schwanz packte. Es biß mich in den Arm, aber ich ließ nicht locker und kriegte es hinter den Ohren zu fassen. Schlappohr und ich ließen uns auf den Boden fallen und hielten unsere zappelnde Beute hoch und schütteten uns aus vor Lachen.

Die Biester kläfften und jaulten und winselten – alles zugleich. Plötzlich spitzte Schlappohr sein heiles Ohr. Er hatte ein verdächtiges Geräusch gehört. Wir sahen uns erschrokken an. Mit einemmal wurde uns die Gefährlichkeit unserer Lage bewußt. Muttertiere können ja zu Furien werden, wenn man ihre Jungen nicht in Ruhe läßt. Und diese Jungen hier gehörten zu den Wolfshunden. Wir kannten sie nur zu gut. Sie traten immer in ganzen Rudeln auf und waren der Schrecken aller grasfressenden Tiere. Wir hatten zugesehen, wie sie den Bison- und Rinderherden nachgesetzt und die Kälber und die alten und schwächeren Tiere angefallen und zerfleischt hatten. Mehr als einmal war auch unsere Horde von ihnen verfolgt worden. Ich hatte mit ansehen müssen, wie sie eine Frau anfielen. Wäre sie von der Verfolgungsjagd nicht so erschöpft gewesen, hätte sie es vielleicht noch bis auf den Baum geschafft. Aber sie rutschte aus und fiel hintenüber. Die Wolfshunde machten kurzen Prozeß mit ihr.

Ein kurzer Blick zwischen uns genügte. Unsere Beute fest im Griff, rannten wir auf den Wald zu. Sobald wir in Sicherheit waren und oben hoch in einem Baumwipfel saßen, hielten wir uns die quietschenden Bündel wieder vors Gesicht und quietschten mit ihnen um die Wette, aber vor Lachen. So waren wir eben. Was auch geschah – wir fanden es zum Lachen.

Nun begann eine der schwierigsten Baumwanderungen, die wir je zu bewältigen hatten. Wir wollten unsere Hunde unbedingt mit nach Hause nehmen, aber wie sollten wir die Biester, die sich wie kleine Teufel gebärdeten, festhalten, wenn wir doch beide Hände zum Klettern brauchten? Zuerst versuchten wir, unseren Weg auf dem Boden fortzusetzen, aber sehr bald wurden wir von einer Hyäne zurück auf die Bäume getrieben. Sie folgte uns dann auch geduldig, denn sie war klug und wußte, daß es sich für sie lohnte.

Da hatte Schlappohr eine Idee. Er brach ein paar kräftige Schlingpflanzen ab und band damit seinem Hündchen die Beine zusammen. Eine weitere Ranke legte er sich um den Hals, befestigte das Tier daran und warf es sich auf den Rücken. Nun hatte er Hände und Füße zum Klettern frei.

Er war ganz begeistert von dieser Lösung und strebte ungeduldig heimwärts, ohne lange auf mich zu warten, bis ich es mit meiner Beute ebenso gemacht hatte. Ich holte ihn nur mit Mühe wieder ein.

Nun hatte die Sache allerdings einen Haken: der Hund dachte gar nicht daran, brav auf Schlappohrs Rücken hängen zu bleiben. Er pendelte seitwärts und dann nach vorn, und da seine Schnauze nicht zusammengebunden war, biß er Schlappohr kräftig in den Bauch. Der schrie vor Schmerz gellend auf, taumelte und griff mit beiden Händen nach einem Ast, um sich zu retten. Dabei riß die Schlingpflanze, und das Tier fiel mit noch zusammengebundenen Beinen zu Boden. Die Hyäne machte sich unverzüglich daran, es zu verspeisen.

Schlappohr spuckte Gift und Galle. Nachdem er die Hyäne gehörig beschimpft hatte, trollte er sich durch die Bäume davon. Ich hätte nicht zu sagen gewußt, warum ich so versessen darauf war, das Hundejunge mit nach Hause zu nehmen, aber ich hatte es mir nun einmal in den Kopf gesetzt. Ich machte es mir nur insofern leichter, als ich Schlappohrs Idee weiterentwickelte. Ich schob meinem Hund ein Stöckchen zwischen die Kiefern und band sie ihm fest zusammen.

So kam ich gegen Abend zu Hause an. Ich nehme an, daß ich beharrlicher war als der Durchschnittsdörfler, sonst hätte ich bestimmt unterwegs meine Beute laufenlassen. Sie lachten mich alle aus, als ich das zappelnde Bündel in meine Höhle hinaufschleppte. Aber das war mir völlig egal. Meine Mühe war belohnt worden: ich hatte einen eigenen

Hund. Keiner im Dorf hatte einen solchen Spielgefährten. Und er lernte schnell. Wenn ich mit ihm spielte und er mich biß, dann bekam er rechts und links eins hinter die Ohren, und in Zukunft ließ er es bleiben.

Das Hündchen war mein ein und alles. Alles Neue hatte ja für uns einen unwiderstehlichen Reiz, und so auch mein neuer Kamerad. Als ich merkte, daß er kein Obst und Gemüse fraß, fing ich ihm Vögel und Eichhörnchen und junge Kaninchen. Er gedieh prächtig.

Eines Abends – ich schätze, es war eine Woche später – kam ich mit einem Nest voll frisch ausgebrüteter Fasanen nach Hause. Schlappohr machte sich gerade daran, meinen Hund zu verspeisen. Er hatte ihn kurzerhand umgebracht! Ich stürzte mich auf ihn, und wir prügelten uns, daß die Fetzen flogen.

Mit dieser Rauferei endete einer der ersten Versuche, den wilden Hund als Haustier zu zähmen. Wir rissen uns büschelweise die Haare aus und kratzten und bissen uns. Dann schmollten wir noch eine Zeitlang, und am Ende vertrugen wir uns wieder. Dann aßen wir gemeinsam meinen kleinen Hund. Roh. Denn von Feuer wußten wir noch nichts. Das kam erst viel, viel später.

9. KAPITEL

Rotauge war ein atavistisches Ungeheuer. Er war das zerstörerische Element in unserer Horde. Er stand auf einer niedrigeren Entwicklungsstufe als wir anderen. Eigentlich gehörte er gar nicht zu uns, aber wir waren selbst noch so primitiv, daß wir unfähig waren, ihn durch unsere gemeinsame Anstrengung zu vernichten oder aus unserer Gruppe auszustoßen. Unsere soziale Ordnung war schon rudimentär, Rotauge aber war zu chaotisch, um sich selbst hierin einzuordnen. Alles, was er tat, war darauf angelegt, ein friedliches Zusammenleben unmöglich zu machen.

Er trug alle Merkmale einer früheren Gattung und hätte besser zu den Bäumlern gepaßt als zu uns, die wir schon an der Schwelle des Menschseins standen.

Er war ein Ausbund von Brutalität, und das wollte damals allerhand heißen. Er mißhandelte seine Frauen, bis sie daran zugrunde gingen. Nicht daß er mehrere Frauen zugleich gehabt hätte. Aber er war Dutzende Male verheiratet. Es war unmöglich für eine Frau, mit ihm zusammenzuleben, aber sie hatten keine andere Wahl. Es wäre zwecklos gewesen, sich gegen ihn aufzubäumen. Kein Mann war stark genug, es mit ihm aufzunehmen, geschweige denn eine Frau.

Oft träume ich von der stillen Abendstunde kurz vor der Dämmerung, wenn die Dörfler aus allen Richtungen – von Trinkstelle, Möhrenfeld und Beerensumpf – herbeiströmen und sich auf der Schneise vor den Höhlen versammeln. Länger wagen sie nicht auszubleiben, denn es naht die schreckliche Dunkelheit, in der Raubtiere blutrünstig und mordend umhergehen und die Vorfahren der Menschheit sich furchtsam in ihre Schlupfwinkel verkriechen. Aber wir haben noch ein paar Minuten Zeit, ehe wir in unsere Höhlen müssen. Wir alle sind müde vom Spielen, und unsere Laute sind träge und gedämpft. Selbst die Jungen, die noch voller Possen und Schabernack stecken, nehmen sich schon etwas zusammen. Der Wind, der vom Meer her weht, hat sich gelegt. Die Schatten werden mit der sinkenden Sonne zusehends länger. Und in diese Stille hinein dringt aus Rotauges Höhle ein gräßliches Wehgeschrei. Anfangs verharren wir in furchtsamem Schweigen. Aber die Schläge und die Schreie werden immer ärger, und hier und da erhebt sich ein hilfloses Gestammel ohnmächtiger Wut. Selbstverständlich sind die Männer erbittert über Rotauges Gewalttätigkeit. Aber ihre Angst vor ihm ist stärker. Allmählich lassen die Hiebe nach. Das Geschrei geht in ein ersticktes Wimmern über. Wir fangen wieder an, leise miteinander zu schwatzen, während ein fahles Zwielicht uns sachte einhüllt.

Wir, die sonst über jedes Mißgeschick der anderen mit hemmungsloser Schadenfreude lachten, blieben ernst, wenn Rotauge seine Frauen verdrosch. Wir wußten nur zu gut, welch trauriges Schicksal auf sie wartete. Oft genug hatten wir morgens am Fuße der Felswand die Leiche seiner jeweiligen Frau gefunden, die er zu Tode geprügelt und dann einfach aus der Höhle geworfen hatte. Sie zu beerdigen machte er sich nie die Mühe. Das überließ er der Horde. Meistens warfen wir sie in den Fluß unterhalb der letzten Trinkstelle, damit sie unsere Wohnstätte und unser Wasser nicht verseuchte.

Aber Rotauge tötete nicht nur seine Frauen – er tötete auch alle, die ihm im Wege waren. Wenn er eine bestimmte Frau haben wollte, und sie gehörte zufällig schon einem anderen, dann brachte er ihn kurzerhand um. Zwei solcher Morde habe ich mit eigenen Augen gesehen. Wir alle wußten davon, aber wir waren machtlos. Es gab in unserer Horde noch keine Form von Polizei oder Regierung. Wir hatten gewisse Sitten und Gebräuche und bestraften diejenigen, die ihnen zuwiderhandelten. So wurde zum Beispiel jemand, der die Trinkstelle verunreinigte, von uns allen gründlich verdroschen, und jemand, der absichtlich falschen Alarm gab, bezog eine Tracht Prügel, die er so bald nicht wieder vergaß. Rotauge als einziger konnte es sich leisten, rücksichtslos darüber hinwegzugehen. Wir fürchteten uns so sehr vor ihm, daß wir es nicht wagten, uns zusammenzuschließen und ihn zur Strecke zu bringen.

Es war der sechste Winter in unserer Höhle, als Schlappohr und ich merkten, daß wir nun wirklich erwachsen wurden. Es war von Anfang an nicht leicht gewesen, uns durch den schmalen Spalt hineinzuzwängen. Das hatte natürlich allerlei Vorteile. Es hinderte die älteren Dörfler daran, uns die Höhle abzunehmen. Sie war nämlich sehr begehrt: die höchste in der Felswand, daher also die sicherste, und da sie klein war, im Winter die wärmste.

Um zu illustrieren, in welchem Stadium geistiger Entwicklung wir waren, möchte ich hier bemerken, daß es den anderen ein Leichtes gewesen wäre, uns zu vertreiben und die Höhlenöffnung zu vergrößern. Aber auf diese Idee wären sie niemals gekommen. Schlappohr und mir wäre es auch nicht eingefallen. Aber eines Tages gingen wir einfach nicht mehr durch die Öffnung und waren gezwungen, etwas zu unternehmen. Das war aber schon gegen Ende des darauffolgenden Sommers, als wir durch die reichhaltigere Nahrung dick und rund geworden waren. Aber auch dann arbeiteten wir an der Vergrößerung nur, wenn wir gerade Lust und Laune dazu hatten.

Zuerst kratzten wir Lehm und lose Steine mit den Fingern weg, bis sie uns bluteten. Dann kam ich zufällig darauf, es mit einem Stück Holz zu versuchen. Das ging prima. Aber es sollte schlimme Folgen haben.

Eines frühen Morgens hatten wir einen ziemlichen Haufen Bruchsteine aus der Mauer geschabt, den ich mit einem schwungvollen Fußtritt hinunterbeförderte. Im selben Augenblick erscholl aus der Tiefe ein fürchterliches Gebrüll. Wir kannten die Stimme nur zu gut. Der Dreck war auf Rotauge gelandet!

Betroffen hockten wir uns in die hinterste Ecke unserer Höhle. Eine Minute später war er am Eingang. Er tobte vor Wut. Seine rotumränderten Augen funkelten uns haßerfüllt an. Aber er war zu groß und dick. Er konnte nicht zu uns hinein. Plötzlich war er verschwunden. Das kam uns verdächtig vor. Nach einigen Minuten kroch ich zum Eingang und spähte nach unten. Da kam er schon wieder an der Felswand hochgekraxelt. In der Hand hielt er eine lange Stange. Ich hatte gerade genug Zeit, mich in den äußer-

sten Winkel der Höhle zu verziehen. Da stand er auch schon wieder vor dem Eingang und stieß wie ein Rasender mit der Stange auf uns ein.
Seine Kräfte waren ungeheuerlich. Er hätte uns leicht den Bauch aufschlitzen können. Wir drückten uns mit dem Rükken gegen die Seitenwand, wo wir fast außer Reichweite waren. Aber mit Fleiß und Ausdauer gelang es ihm doch hin und wieder, uns mit der Stockspitze Fell und Haare abzuschürfen. Es tat entsetzlich weh, und wir schrien vor Schmerz laut auf, worauf er vor Genugtuung brüllte und nur um so heftiger zustieß.
Langsam packte mich aber doch die Wut. Damals hatte ich nämlich noch ein hitziges Temperament, und bange war ich auch nicht. In diesem Fall war es aber eher der Mut der Verzweiflung, der micht dazu brachte, den Stock mit beiden Händen zu packen. Rotauge war so stark, daß er mich mit einem Ruck in der Öffnung hatte. Er langte mit seinem langen Arm nach mir und krallte sich mit seinen Nägeln in meine Schulter, aber ich riß mich mit aller Kraft los und sprang zurück an die Seitenwand.
Rotauge begann nun von neuem, uns mit der Stange zu drangsalieren, und verpaßte mir einen sehr schmerzhaften Hieb über die Schulter. Schlappohr zitterte vor Angst und schrie auf, wenn er getroffen wurde. Darüber hinaus tat er nichts. Ich sah mich nach einem Gegenstand um, mit dem ich mich wehren konnte, fand aber nur ein Aststück, etwa einen Zoll dick und einen Fuß lang. Damit warf ich nach Rotauge. Er schien es gar nicht zu spüren, sondern heulte nur wutentbrannt auf, daß einer es wagte, ihm die

Stirn zu bieten. Wie toll stieß er mit der Stange nach uns. Da fand ich einen Steinbrocken, mit dem ich ihn mitten auf die Brust traf.

Das ließ mich kühner werden. Außerdem hatte ich mich inzwischen dermaßen in Rage gesteigert, daß ich keine Angst mehr hatte. Ich löste einen Stein aus der Mauer, der bestimmt seine drei Pfund wog, und schleuderte ihn mit aller Kraft Rotauge mitten ins Gesicht. Das erledigte ihn – fast. Er taumelte zurück, ließ die Stange fallen und wäre beinahe über den Klippenrand gestürzt.

Er bot einen schauerlichen Anblick. Sein Gesicht war blutüberströmt. Er rollte mit den Augen und fletschte die Zähne wie ein wilder Eber. Er wischte sich das Blut aus den Augen, sah mich und schrie vor wahnsinniger Wut. Seine Stange hatte er verloren. Nun riß er Steinbrocken aus der Felswand und warf sie in die Höhle. Damit spielte er mir die nötige Munition in die Hände, und ich zahlte mit gleicher Münze zurück. Schlimmer noch, denn er stand genau in meiner Schußlinie, wogegen er mich nur undeutlich sehen konnte.

Plötzlich war er wieder verschwunden. Vom Höhlenrand aus sah ich ihn die Felswand hinunterklettern. Die ganze Horde hatte sich auf dem Platz versammelt und sah in bangem Schweigen zu. Die Ängstlicheren unter ihnen huschten in ihre Höhlen. Auch der alte Markbein schlurfte, so schnell er konnte, heimwärts. Rotauge sprang die letzten zwanzig Fuß durch die Luft und landete neben einer jungen Mutter, die mit ihrem zweijährigen Kind gerade in ihre Höhle klettern wollte. Sie kreischte vor Schreck auf,

und das Kind, das an ihrem Leib hing, ließ sich los und kullerte Rotauge vor die Füße. Die Mutter und Rotauge griffen gleichzeitig danach, aber er war schneller. Der zarte kleine Körper wirbelte durch die Luft und zerschmetterte an der Felswand. Die Mutter sprang hinzu, fing ihn in den Armen auf und brach laut schluchzend darüber zusammen. Rotauge trottete ungerührt über den Platz, um seine Stange zu holen. Dabei kam ihm Markbein in die Quere. Rotauges Riesenpranke packte den alten Mann beim Genick. Ich hörte es im Geiste schon knacken. Markbein sackte in sich zusammen und überließ sich seinem Schicksal. Rotauge zögerte einen Augenblick. Markbein, zitternd wie Espenlaub, vergrub den Kopf in den Armen. Da schmetterte er ihn mit dem Gesicht zuunterst auf den Boden. Markbein blieb reglos liegen und weinte in seiner Todesangst. Ich sah, wie der Haarlose sich vor ohnmächtiger Wut die Brust mit den Fäusten bearbeitete, denn er wagte es nicht, seinem Vater zu Hilfe zu kommen. Und dann, mit der ihm eigentümlichen Willkür, ließ Rotauge den alten Mann liegen und ging wiegenden Schritts weiter, um seine Stange zu holen.

Nun machte er sich daran, die Felswand wieder hinaufzuklettern. Schlappohr, der zitternd und bebend hinter mir hockte und an mir vorbei nach unten guckte, krabbelte schnell in seine Ecke zurück, als er ihn kommen sah, Es war kein Zweifel möglich. Rotauge wollte uns den Garaus machen. Ich war außer mir vor Wut und Verzweiflung, blieb aber Herr der Lage. Ich lief auf dem Felsgesims hin und her und sammelte Steinbrocken, die ich vor unserer Höhle aufhäufte. Rotauge war nun noch wenige Meter unter uns. Für Sekunden verschwand sein Kopf hinter einer Felsnase. Als er wieder zum Vorschein kam, schleuderte ich einen dicken Stein in seine Richtung. Er verfehlte sein Ziel und krachte gegen die Felswand, doch die Splitter und Sandkörner flogen Rotauge in die Augen.

Er duckte sich hinter den Vorsprung, so daß ich ihn nicht mehr sehen konnte.

Ein schadenfrohes Kichern und Schwatzen ging durch die Menge, die unten auf dem Platz versammelt war und das Schauspiel gespannt verfolgte. Endlich war einer in ihren Reihen, der es mit Rotauge aufnahm! Aber Rotauge brachte ihr beifälliges Gemurmel mit einem gefährlichen Knurren zum Schweigen. Hierdurch in seiner Macht neu bestätigt, schob er den Kopf wieder hervor und versuchte mich einzuschüchtern, indem er mir fürchterliche Fratzen schnitt. Drohend wackelte er mit der Kopfhaut, daß die Haare ihm einzeln von der Stirn abstanden und waagerecht nach vorn zeigten.

Der Anblick ließ mir das Blut in den Adern gefrieren, aber ich überwand meine Angst und baute mich mit einem dikken Stein in der Hand vor meiner Höhle auf. Er kam höher und höher.

Mit voller Wucht warf ich den Stein auf seinen Kopf – an seinem Kopf vorbei. Aber der nächste Wurf war ein Treffer!

Er traf ihn mit voller Wucht am Hals.

Rotauge rutschte hinterrücks ab. Ich sah nur noch, wie er sich mit einer Hand an der Felswand festhielt und mit der

anderen an die Gurgel griff. Dann sah ich ihn nicht mehr. Der Stock fiel scheppernd zu Boden.
Ich sage: ich sah ihn nicht mehr. Dafür hörte ich um so besser, wie er keuchte und hustete und prustete. Bei den Zuschauern unten herrschte tödliches Schweigen. Ich blieb am Höhleneingang hocken und wartete. Das Keuchen und Husten ließ allmählich nach, nur ab und zu räusperte er sich noch. Dann begann er vorsichtig den Abstieg. Er hielt alle paar Minuten inne und reckte den Hals und betastete sich die Wunde.
Als er sich dem Boden näherte, stob die ganze Horde unter hellen Entsetzensschreien auseinander, der alte Markbein humpelte hinterdrein. Rotauge nahm von der Massenflucht keine Notiz. Unten angekommen, tastete er sich an der Felswand entlang zu seiner Höhle und kletterte hinein, ohne sich auch nur ein einziges Mal umzuschauen.
Schlappohr und ich wechselten einen langen Blick. Wir verstanden uns ohne Worte. Leise und umsichtig kletterten wir an der Felswand hoch. Von oben konnten wir das ganze Terrain überblicken. Der Wohnplatz der Horde war wie ausgestorben. Rotauge hatte sich in seine Höhle verkrochen, und die Dörfler hielten sich in den Tiefen des Waldes verborgen.
Wir machten kehrt und rannten querfeldein über die Lichtungen und die Abhänge hinunter, ohne auf Schlangen zu achten, rannten und rannten, bis wir den Wald erreichten. Einmal auf den Bäumen, stiegen wir ohne anzuhalten von Ast zu Ast, bis wir etliche Meilen zwischen uns und das Dorf gelegt hatten. Und dann, aber erst dann, blieben wir

in einer Astgabelung hocken, sahen uns an und brachen in hemmungsloses Gelächter aus. Wir lachten, daß wir uns gegenseitig festhalten mußten, um nicht aus dem Baum zu fallen, lachten und lachten, bis uns die Tränen über die Backen liefen und der Bauch wehtat.

Abdruck eines Neandertaler-
fußes aus einer Höhle
Norditaliens

10. K A P I T E L

Als wir uns gründlich ausgeschüttet hatten vor Lachen, gelangten wir in einem großen Bogen zum Heidelbeersumpf. Es war derselbe Sumpf, den ich vor Jahren an der Hand meiner Mutter besucht hatte, als sie mich zum ersten Mal in die große weite Welt mitnahm. Seither hatte ich meine Mutter nicht mehr gesehen. Wenn sie das Höhlendorf besuchte, trieb ich mich meistens gerade im Wald herum. Ein paarmal hatte ich den Schwätzer kurz auf der Schneise auftauchen sehen und hatte es mir natürlich nicht verbeißen können, ihm von meiner Höhle aus Fratzen zu schneiden und ihn so zur Weißglut zu bringen. Abgesehen vom Austausch solcher Artigkeiten hatte ich jeden Kontakt zu meiner Familie abgebrochen. Sie interessierte mich kaum noch, außerdem kam ich ganz gut allein zurecht.

Als wir uns an den Beeren satt gegessen und zum Nachtisch noch zwei Nester halbausgebrüteter Wachteleier verspeist hatten, wanderten wir durch den Wald in Richtung Fluß. Unterwegs kamen wir an den Baum, in dem ich aufgewachsen war und aus dem ich vertrieben worden war. Allem Anschein nach wohnten meine Angehörigen noch darin. Sie hatten sogar Zuwachs bekommen: um den Leib meiner Mutter schlang sich ein Neugeborenes, und auf einem der unteren Äste hockte ein kleines Mädchen, das uns mißtrauisch beobachtete. Das mußte eine Schwester von mir sein, oder sagen wir lieber: Halbschwester.

Meine Mutter erkannte mich sofort. Als ich jedoch Anstalten machte, auf ihren Baum zu klettern, stieß sie spitze Warnschreie aus. Schlappohr, der viel ängstlicher war als ich, schlug sich in die Büsche und war durch nichts zu bewegen, näher zu kommen. Später kletterte aber meine Halbschwester zu uns hinunter, und zu dritt turnten und tollten wir den ganzen Nachmittag in den benachbarten Bäumen umher.

Und dann wurde es ungemütlich. Sie war zwar meine Schwester, aber das hinderte sie nicht daran, mich schändlich zu behandeln, denn sie hatte den niederträchtigen Charakter ihres Vaters geerbt.

Plötzlich machte sie sich wie eine Wildkatze über mich her, kratzte und biß und riß mich an den Haaren.

Das ließ ich mir natürlich nicht gefallen. Ich verabreichte ihr eine Tracht Prügel, wie sie noch keine bekommen hatte. Sie brüllte wie am Spieß. Der Schwätzer, der gerade von der Nahrungssuche heimkehrte, war mit einem Satz zur Stelle. Meine Mutter auch, aber er war schneller. Da hatten Schlappohr und ich uns aber schon aus dem Staube gemacht. Der Schwätzer, nicht faul, uns nach. Er verfolgte uns noch ein weites Stück durch den Wald, ehe es uns gelang, ihn abzuschütteln.

Als wir ihn endlich los waren, kugelten wir uns vor Lachen. Erst als wir wieder zu uns kamen, merkten wir, daß es schon dunkel wurde. Die Nacht mit ihren tausend Gefahren brach an! An eine Rückkehr zu den Höhlen war nicht zu denken. Dafür hatte Rotauge gesorgt. Es blieb uns nichts anderes übrig, als Zuflucht in einem Baum zu suchen, der etwas abseits stand. Hoch in einer Astgabelung kauernd verbrachten wir die Nacht.

Es war eine höchst unbehagliche Nacht. In den ersten Stunden regnete es heftig. Dann wurde es kalt. Ein eisiger Wind blies durch die Zweige. Klatschnaß und mit klappernden Zähnen schmiegten wir uns aneinander und sehnten uns nach unserer warmen, trockenen Höhle.

Am nächsten Morgen fühlten wir uns hundeelend, und wir waren fest entschlossen: eine solche Nacht wollten wir nicht noch einmal erleben! Nach dem Vorbild meiner Eltern bauten wir uns ein Baumnest. Den Rahmen hatten wir schnell zusammengezimmert, und in den höheren Gabelungen befestigten wir sogar ein paar Firstbalken für das Dach.

Da kam die Sonne heraus, und in ihrer wohltuenden Wärme vergaßen wir die Härten und das Ungemach der vergangenen Nacht. Zuerst machten wir uns auf die Suche nach einem kräftigen Frühstück. Danach gerieten wir ins Spielen. Und darin sieht man wieder, wie inkonsequent wir waren. Es dauerte ungefähr einen Monat, ehe wir – mit tausend Unterbrechungen – unser Baumnest fertig hatten, und als es endlich so weit war, brauchten wir es nicht mehr.

Aber ich greife der Geschichte voraus. Wir gerieten also ins Spielen. Wir spielten Nachlaufen in den Bäumen. Dabei kamen wir an den Fluß, und zwar an die Stelle, wo der Heidelbeersumpf eine große Bucht bildet. Die Mündung war breit, aber das Wasser in der Bucht war praktisch ohne Strömung. In dem seichten Wasser gleich innerhalb der Mündung lagen in wirrem Durcheinander verwitterte und vom langen Liegen auf Sandbänken ausgetrocknete Baumstämme, die in zahllosen Überschwemmungen ihre Äste und Zweige verloren hatten. Sie schwammen und hüpften leicht wie Kork auf dem stehenden Wasser, und wenn wir uns darauf legen wollten, drehten sie sich unter uns weg.

Hier und da zwischen den Stämmen blitzte durch Ritzen und Spalten das Wasser, in dem ganze Schwärme winziger Fische hin und her schossen. Schlappohr und ich fühlten uns sofort als Fischer. Wir legten uns bäuchlings auf die Stämme und warteten, ohne einen Laut von uns zu geben, auf den nächsten Elritzenzug. Blitzschnell packten wir zu und verzehrten unseren Fang, noch feucht und zappelnd, an Ort und Stelle.

Von nun an war die Mündung der Flußbucht unser liebster Aufenthalt. Täglich verbrachten wir hier viele Stunden damit, Fische zu fangen und mit den Baumstämmen zu spielen, und eines Tages lernten wir hier unsere erste Lektion in der Schiffahrt.

Denn Schlappohr, der zusammengerollt auf seinem Baumstamm lag und schlief, wurde von einer leichten Brise vom Ufer abgetrieben. Als ich es merkte, war es schon zu spät, als daß er noch hätte an Land springen können.

Zuerst fand ich das Ganze zum Schreien komisch. Erst als die Angst sich in mir regte – in diesem Zeitalter voller Gefahren unsere ständige Begleiterin –, brach die Verlassenheit über mir zusammen. Ich fühlte mich allein und für immer von Schlappohr getrennt, der draußen auf dem fremden Element dahintrieb. Ich rief laut nach ihm, um ihn zu warnen. Erschrocken fuhr er hoch. Der Baumstamm schlug

um. Schlappohr tauchte unter. Dreimal versuchte er, sich hochzuziehen, und dreimal verschwand er wieder im Wasser. Endlich blieb er oben und klammerte sich, vor Angst unartikulierte Laute brabbelnd, an den Stamm.

Ich wußte nicht, was ich machen sollte. Er auch nicht. Vom Schwimmen hatten wir keine Ahnung. Um es instinktiv zu können – dafür waren wir schon zu hoch entwickelt. Und um es zu lernen – dafür waren wir noch nicht weit genug. Untröstlich lief ich am Strand auf und ab, um ihn, so weit das möglich war, auf seiner unfreiwilligen Fahrt zu begleiten, während er gellend schrie und heulte. Es war ein Wunder, daß er uns nicht alle Raubtiere im Umkreis von einer Meile auf den Hals schrie.

So vergingen Stunden. Die Sonne kletterte über den Zenit und begann den Abstieg gen Westen. Die Brise legte sich. Mein Kamerad trieb mitten in der windstillen Bucht auf dem fast reglosen Gewässer. Und da auf einmal machte Schlappohr die große Entdeckung: er paddelte mit den Händen! Zuerst kam er nur langsam vorwärts, doch allmählich wurde er geschickter und ruderte zwar mühsam und umständlich, aber stetig aufs Ufer zu. Ich traute meinen Augen kaum. Am Ufer sitzend, wartete ich gespannt auf seine Landung.

Er hatte etwas Wichtiges gelernt, was ich von mir nicht behaupten konnte. Am Spätnachmittag stieß er sich absichtlich auf seinem Baumstamm vom Ufer ab. Dann überredete er mich, es auch einmal zu versuchen, und auch ich lernte, mich auf dem Wasser fortzubewegen.

Tagelang konnten wir uns nicht von der Bucht losreißen.

Wir waren so verliebt in unser neues Spiel, daß wir fast das Essen vergaßen und in einem nahegelegenen Baum schliefen, damit wir morgens gleich zur Stelle waren. Rotauge hatten wir total vergessen.

Wir probierten alle Baumstämme durch und kamen dahinter, daß wir auf den kleineren Stämmen schneller vorwärts kamen, aber auch, daß wir damit eher kenterten und ins Wasser flogen!

Eines Tages paddelten wir, jeder auf seinem Stamm, nebeneinander her und spielten so herum, da entdeckten wir ganz zufällig, daß die Stämme nicht umschlagen konnten, wenn wir uns jeder mit der inneren Hand und dem inneren Fuß am Stamm des anderen festhielten und die äußere Hand und den äußeren Fuß zum Paddeln frei hielten. Nun konnten wir immer kleinere Stämme benutzen und dadurch eine immer größere Geschwindigkeit erzielen.

Und damit waren unsere Entdeckungen am Ende. Wir hatten das Floß entdeckt und waren nicht einmal gescheit genug, es zu wissen. Es wäre uns niemals in den Sinn gekommen, die Stämme mit kräftigen Zweigen oder Wurzeln zusammenzubinden.

Nach einiger Zeit ließ unsere Begeisterung für die Schifffahrt nach, und wir verbrachten die Nächte wieder in unserem Baumnest. Dort sahen wir zum ersten Mal die Leichtfüßige, wie sie Eicheln von den Zweigen einer benachbarten hohen Eiche pflückte. Sie war sehr scheu. Als sie mich sah, verhielt sie sich ganz still, und als sie merkte, daß ich mich ihr nähern wollte, ließ sie sich auf den Boden fallen und floh wie ein gehetztes Wild. Von nun an sahen wir sie

öfter von weitem und hielten schon nach ihr Ausschau, wenn wir morgens zur Flußmündung gingen und abends in unseren Baum zurückkehrten.
Endlich kam der Tag, an dem sie nicht mehr vor uns floh. Sie blieb in einiger Entfernung stehen und gab sanfte, friedfertige Laute von sich. Allzu nah ließ sie uns allerdings immer noch nicht an sich heran. Jedesmal, wenn wir auf sie zuliefen, wich sie zurück und machte aus sicherer Entfernung wieder ihre sanften Laute. So ging das tagelang. Es dauerte lange, bis wir ihr Zutrauen gewannen. Doch endlich war es erreicht, und sie ließ sich herbei, mit uns zu spielen.
Ich mochte sie von Anfang an gern. Schon ihr Äußeres war sehr anziehend. Sie war so sanft! Ihre Augen waren die sanftesten, die ich jemals gesehen hatte. Sie war ganz anders als die Frauen und Mädchen in der Horde, die schon als Zankteufel auf die Welt kamen. Nie machte sie einen harten, ärgerlichen Laut, und es schien in ihrer Natur zu liegen, Raufereien aus dem Wege zu gehen.
Diese Sanftmut strahlte von ihrem ganzen Wesen aus. Ihre Gestalt und ihr Gesicht drückten Milde und Güte aus. Die Augen waren größer als die ihrer Artgenossinnen und nicht so tiefliegend, die Wimpern waren länger und regelmäßiger. Auch ihre Nase war nicht so flach und fleischig, sondern hatte einen richtigen Rücken, und die Nasenlöcher waren nach unten geöffnet. Ihre Schneidezähne waren nicht so groß, ihre Oberlippe nicht so lang und hängend und ihre Unterlippe nicht so vorstehend. Auch war sie nicht sehr behaart, nur an den Außenseiten der Arme und Beine und

auf den Schultern. Sie hatte schlanke Hüften, und ihre Knöchel waren nicht so plump wie bei den anderen Frauen.
Als Mann der modernen Zeit habe ich mich im Laufe der Jahre oft gefragt, ob es möglich ist, daß sie mit dem Volk der Feuermacher verwandt war. Es könnte doch sein, daß ihr Vater oder ihre Mutter zu diesem höher entwickelten Stamm gehörte. So etwas gab es zwar nicht häufig, aber es kam vor. Ich habe ähnliche Fälle selbst erlebt, zum Beispiel, wenn Mitglieder unserer Horde abtrünnig wurden und zu den Bäumlern überliefen.
Das alles spielt jedoch hierbei keine Rolle. Fest steht, daß die Leichtfüßige von den anderen Hordenfrauen grundverschieden war und daß ich sie auf den ersten Blick mochte. Ihr sanftes, mildes Wesen zog mich unwiderstehlich an. Nie wurde sie ungestüm oder grob, und nie ließ sie sich auf ein Handgemenge ein. Dann verschwand sie lieber flink und behende in einem Baum. Sie war ungemein geschickt im Klettern, viel mehr als Schlappohr und ich. Wenn wir Nachlaufen spielten, waren wir beiden immer die Verlierer, und höchstens durch Zufall gelang es uns mal, sie zu fangen. Wir waren einfach nicht schnell genug. Alle ihre Bewegungen waren geschwind und geschmeidig, und ihre geniale Fähigkeit, Entfernungen abzuschätzen, wurde nur durch ihren Mut übertroffen. So scheu und zurückhaltend sie sonst war – beim Klettern war sie furchtlos und unerschrocken. Im Vergleich zu ihr waren Schlappohr und ich unbeholfen, schwerfällig und feige.
Sie war Vollwaise. Sie war immer allein, und es war unmöglich zu sagen, wie lange sie schon allein auf der Welt stand.

Sie mußte schon als kleines Kind gelernt haben, daß eine rasche Flucht ihre einzige Überlebenschance war. Sie war sehr klug und sehr verständig und besonnen. Schlappohr und ich hatten eine Art Spiel entwickelt, um herauszufinden, wo sie ihr Baumnest hatte. Sehr weit konnte es ja nicht sein. Aber so eifrig wir auch danach suchten – wir konnten es nicht finden. Tagsüber war sie immer gern bereit, mit uns zu spielen. Aber das Geheimnis ihrer Wohnstatt hütete sie streng.

11. KAPITEL

Man muß bedenken, daß Großzahn, mein anderes Ich, mein prähistorisches Gegenstück, die Leichtfüßige anders beschrieben hätte, als ich es tue. Ich bin es, der moderne Mensch des zwanzigsten Jahrhunderts, der durch das Medium meiner Träume mit Großzahns Augen sieht.
Und so ist es mit vielem, was ich aus dieser grauen Vorzeit erzähle. Meine Eindrücke sind von einer Dualität, die zu verwirrend ist, als daß ich den Leser damit behelligen möchte. Ich will in meiner Erzählung nur innehalten, um auf diese Dualität und Bewußtseinsvermischung hinzuweisen. Es ist mein heutiges, modernes Ich, das über Jahrtausende hinweg die Empfindungen und Motive von Großzahn abwägt und analysiert. Der machte sich darüber keine Gedanken. Er war die Einfalt selbst und lebte unbekümmert in den Tag hinein.
Als ich älter wurde, lebte ich mich immer mehr in meine Träume hinein. Man kann träumen und sich während des Traumes bewußt sein, daß man träumt. Und wenn es ein böser Traum ist, kann man sich damit trösten, daß es ja nur ein Traum ist. Das ist ein uns allen vertrautes Phänomen. Und so war ich in meinen Träumen gleichzeitig Schauspieler und Zuschauer, und ich, der Moderne, ärgerte mich über mich, den Primitiven, wenn er gar zu unberechenbar und begriffsstutzig war.
Nur noch eins, ehe ich meine Geschichte wieder aufnehme.

Haben Sie jemals geträumt, daß Sie träumen? Hunde träumen, Pferde träumen, alle Tiere träumen. Zu Großzahns Zeiten träumten die Halbmenschen, und wenn sie einen bösen Traum hatten, heulten sie im Traum auf. Nun habe ich, der Moderne, mich mit Großzahn schlafen gelegt und seine Träume geträumt.
Ich weiß, das geht schon über den normalen Menschenverstand hinaus. Es ist aber wirklich so. Und glauben Sie mir: für Großzahn sind die Träume, in denen er fliegen kann oder auf dem Meeresboden herumkriecht, genauso alltäglich wie für Sie die Träume, in denen Sie durch die Luft fallen.
Denn auch Großzahn hatte noch ein früheres Ich, und wenn er schlief, träumte er von Vergangenheiten, in denen es geflügelte Reptilien und Drachen gab und – noch weiter zurück – Einzeller im Meeresschleim. Mehr kann ich nicht sagen. Mehr *wage* ich nicht zu sagen. Es ist alles viel zu vage und kompliziert und rätselhaft. Ich kann nur andeutungsweise von diesen Vergangenheitsträumen sprechen, die mir wie durch ein Zeitteleskop überwältigende, wenn auch verschwommene Bilder von der fortschreitenden Entwicklung des Lebens auf der Erde zeigten, aber nicht beim Affen angefangen, sondern beim Wurm.
Und nun zurück zu meiner Geschichte. Ich, Großzahn, wußte nichts von körperlicher Anmut oder gar feinen Gesichtszügen. Ich war einfach gern mit der Leichtfüßigen zusammen. Warum? Das hätte ich nicht zu sagen gewußt. Es machte mir Spaß, mit ihr auf Nahrungssuche zu gehen und Vogelnester auszuheben. Und ich konnte so viel von ihr lernen!

Besonders beim Bäumeklettern. Sie war sehr klug, sehr stark, und keine lästigen Röcke behinderten ihre Bewegungen.
Es war ungefähr um diese Zeit, als Schlappohr sich eines kleinen Treuebruchs schuldig machte. Immer häufiger verschwand er in die Richtung, wo meine Mutter lebte. Er hatte nämlich eine Neigung zu meiner kratzbürstigen Schwester gefaßt, und der Schwätzer hatte sich sogar dazu herabgelassen, seine Besuche zu dulden. In der Nachbarschaft wohnten auch noch andere junge Leute, die Töchter und Söhne der monogamen Paare, und Schlappohr freundete sich mit ihnen allen an.
Nie konnte ich die Leichtfüßige dazu bewegen, auch mit ihnen zu spielen. Jedesmal, wenn ich sie mit Schlappohr besuchte, blieb sie ein Stück zurück und verbarg sich in den Bäumen, sah sich angstvoll nach allen Seiten um und machte mir Zeichen, nicht weiterzugehen. Schließlich begleitete ich Schlappohr nicht mehr auf seinen Besuchen.
Die Leichtfüßige und ich waren inzwischen gute Freunde geworden, aber sosehr ich mich auch bemühte, ihren Wohnbaum ausfindig zu machen – es gelang mir nicht. Trotzdem hatte ich keinen Zweifel, daß wir uns bald paaren würden, denn unsere Zuneigung war gegenseitig. Da geschah etwas, das unserem Leben eine andere Richtung gab.
Eines Morgens, die Leichtfüßige war noch nirgends zu sehen, turnten Schlappohr und ich unten am Fluß auf unseren Baumstämmen herum, wie das so unsere Gewohnheit war. Da zerriß ein Schrei die Luft. Es war Rotauge.
Er hockte am Rande der Mündung und funkelte uns haß-

erfüllt an. Wir zitterten vor Angst, denn hier gab es keine Höhle, die uns Sicherheit und Schutz bot. Die zwanzig Fuß Wasser, die zwischen ihm und uns lagen, machten es ihm jedoch vorläufig unmöglich, an uns heranzukommen, und wir faßten neuen Mut.

Rotauge stand auf und trommelte sich mit den Fäusten auf seiner dichtbehaarten Brust herum. Wir saßen auf den Stämmen, die nebeneinander auf dem Wasser trieben, und lachten ihn aus, zuerst noch etwas zaghaft, aber je mehr wir davon überzeugt waren, daß seine Wut ohnmächtig war, desto hemmungsloser wurde unser Gelächter. Er raste und tobte und knirschte mit den Zähnen, und wir verspotteten und verhöhnten ihn nach Herzenslust aus unserer vermeintlichen Sicherheit. Es ist nicht zu fassen, wie kurzsichtig wir damals waren.

Unvermittelt hielt Rotauge in seinem Tobsuchtsanfall inne und lief über das morsche Holz an den Flußstrand. Unsere Heiterkeit wich tiefster Bestürzung. Es war nicht Rotauges Art, auf seine Rache zu verzichten, und wir hätten das eigentlich wissen müssen. Nun warteten wir mit Furcht und Zittern auf das Unvermeidliche. Aber auf die Idee, einfach wegzupaddeln, kamen wir gar nicht. Mit langen Sätzen kam er schon über das Treibholz gesprungen, die riesige Pranke voll glatter, vom Wasser rundgewaschener Kieselsteine. Ich war heilfroh, daß er keine größeren gefunden hatte, denn nun waren wir kaum mehr als ein Dutzend Fuß von ihm entfernt. Steine von zwei oder drei Pfund wären unser Tod gewesen.

Aber auch so war unsere Lage nicht ungefährlich. Schon

sang ein winziger Kiesel wie ein Pistolenschuß haarscharf an uns vorbei. Schlappohr und ich fingen verzweifelt an zu rudern, da surrte das zweite Geschoß durch die Luft. Schlappohr schrie auf. Der Stein hatte ihn zwischen den Schulterblättern getroffen. Dann kriegte ich einen ab und brüllte. Zum Glück ging ihm in diesem Moment die Munition aus, und das war unsere Rettung. Während er zur Kiesbank sprintete, um Nachschub zu holen, paddelten Schlappohr und ich schnell weiter. Rotauge lief unentwegt weiter zur Kiesbank und schleppte Steine heran, und die Kiesel flogen uns noch eine Weile um die Ohren. Aber langsam arbeiteten wir uns aus seiner Wurf- und Schußlinie. In der Mitte der Bucht war ein kleiner Strudel. In der Aufregung merkten wir nicht, daß wir zum Fluß hin abgetrieben wurden. Rotauge lief am Strand entlang neben uns her und bombardierte uns mit immer größeren Steinen, die den sich ständig vergrößernden Abstand ausglichen. Ein solcher Brocken, gut fünf Pfund schwer, schlug auf einem Baumstamm auf, der gleich neben mir im Wasser lag, und zwar mit solcher Wucht, daß tausend Splitter mir wie Nadeln aus Feuer ins Bein fuhren. Hätte der Stein mich getroffen, wäre es aus mit mir gewesen.

Und dann erfaßte uns die Flußströmung. Wir waren so ins Rudern vertieft, daß Rotauge es als erster bemerkte. Sein Triumphgeschrei machte uns erst darauf aufmerksam. Eine Reihe kleiner Strudel am Rande der Strömung ergriff unser unbeholfenes Floß und wirbelte es im Kreise herum. Wir hatten alle Hände voll zu tun, die beiden Stämme zusammenzuhalten, an Paddeln war nicht mehr zu denken.

Unterdessen fuhr Rotauge fort, uns zu bombardieren. Es regnete Steinbrocken. Das Wasser spritzte auf allen Seiten hoch. Wir waren patschnaß. Rotauge grölte vor Schadenfreude.

An der Stelle, wo die Bucht in den Fluß mündete, machte er einen scharfen Knick, und die Strömung wurde ans andere Ufer, das nördliche, gelenkt. Auf dieses Ufer trieben wir nun rasch zu und wurden gleichzeitig flußabwärts gerissen. Das letzte, was wir von Rotauge sahen, war, wie er weit draußen auf einer Landspitze einen Freudentanz aufführte und in Siegesgeschrei ausbrach.

Schicksalsergeben trieben wir flußabwärts. Wir hatten unsere liebe Not, die beiden Stämme zusammenzuhalten. Daher bemerkten wir erst jetzt, daß das nördliche Ufer nur ein paar hundert Fuß entfernt war. Wir hielten darauf zu. Die Strömung wurde hier gegen das südliche Ufer zurückgeworfen und das Ergebnis unserer Paddelei war, daß wir die Strömung an ihrer engsten Stelle überquerten. Ehe wir's uns versahen, waren wir hindurch und trieben langsam weiter, bis wir sanft am Ufer anstießen.

Schlappohr und ich stiegen umsichtig an Land. Unsere Stämme trieben weiter, wurden vom Strom erfaßt und schossen flußabwärts. Wir wechselten einen Blick, aber diesmal lachten wir nicht. Wir waren in einem fremden Land. Wir kamen nicht auf die Idee, daß wir ja auf demselben Wege in die Heimat zurückkehren könnten.

Wir hatten gelernt, wie man einen Fluß überquert, ohne es zu wissen. Damit waren wir die ersten aus unserem Volk, die jemals das Land nördlich des Flusses betreten hatten, und ich glaube, auch die letzten. Zweifellos hätte es sich im Laufe der Zeit ergeben, aber der Überfall der Feuermacher und die Flucht der Überlebenden unseres Volks warf unsere Entwicklung um Jahrhunderte zurück. Es ist überhaupt nicht zu übersehen, wie verheerend die Folgen der Völkerwanderung des Feuervolks wirklich waren. Ich persönlich bin der festen Überzeugung, daß sie die Vernichtung des Höhlenvolks mit sich gebracht hat und daß wir, ein knospender Zweig kurz vor der Entfaltung zum Menschsein, ausgemerzt wurden, noch ehe wir den Schritt vom Affen zum Menschen tun konnten.

Wenn dies zutrifft, muß man sich natürlich fragen, woher *ich* komme. Aber ich eile den Ereignissen wieder voraus. Meine Existenz wird ihre Erklärung finden, ehe ich mit meiner Geschichte zu Ende komme.

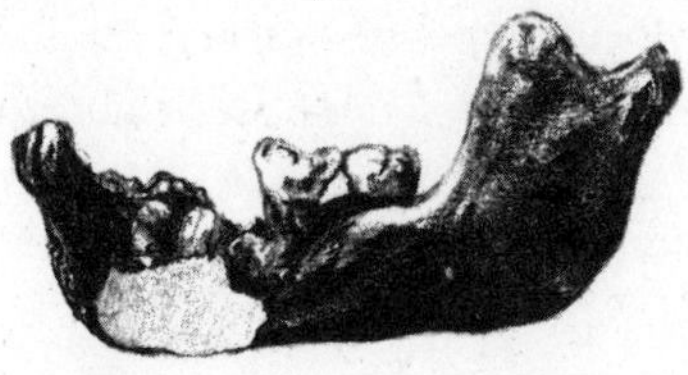

Unterkiefer eines halbwüchsigen Neandertalers aus Ehringsdorf (nach Virchow)

12. K A P I T E L

Ich habe keine Vorstellung davon, wie lange Schlappohr und ich im Lande nördlich des Flusses umhergeirrt sind. Wir waren wie Schiffbrüchige auf einer fernen Insel, denn keiner von uns beiden glaubte noch an eine Heimkehr. Wochen und Monate wanderten wir ziellos durch die Wildnis, ohne einem Halbmenschen zu begegnen. Es fällt mir sehr schwer, unsere Wanderungen zu rekonstruieren. Das meiste ist mir nur verschwommen in Erinnerung. Nur die eine oder andere Episode ist mir lebhaft im Gedächtnis haftengeblieben.

Deutlich erinnere ich mich an den Hunger, den wir im Gebirge zwischen dem Langen See und dem Fernen See litten, und an das Kalb, das wir schlafend im Dickicht fanden, und an das Baumvolk, das in dem Wald zwischen dem Langen See und dem Gebirge sein Unwesen trieb und vor dem wir in die Berge und dann weiter bis zum Fernen See fliehen mußten.

Aber von vorn. Wir verließen den Fluß und arbeiteten uns in westlicher Richtung durch sumpfiges Gelände, bis wir an einen Bach kamen. Diesem folgten wir nordwärts. Nach mehreren Tagen erreichten wir einen See. Wir nannten ihn den Langen See, denn es dauerte lange, bis wir seinen oberen Zipfel erreichten. Dort fanden wir reichlich Nahrung, und wir verbrachten längere Zeit in der näheren Umgebung. Doch eines Tages hatten wir einen üblen

Zusammenstoß mit den Bäumlern. Diese Geschöpfe waren nichts als bösartige Affen. Und doch waren sie so verschieden nicht von uns. Haariger waren sie, und ihre Beine waren knorriger, ihre Augen ein bißchen kleiner, ihr Hals dicker und kürzer und ihre Nasen platter. Aber wie wir hatten sie keine Haare im Gesicht und auf den Handflächen und Fußsohlen, und ihre Laute waren den unseren ähnlich und hatten auch eine ähnliche Bedeutung.

Ich sah ihn zuerst: ein verhutzeltes Männlein mit einem faltigen Gesicht und wäßrigen Augen – für uns ein gefundenes Fressen. In unserer Zeit gab es nämlich noch keine Freundschaft zwischen den verschiedenen Gattungen. Er war keiner von uns. Er war ein Bäumler und dazu noch sehr alt. Es stand uns frei, nach Belieben mit ihm unsere Possen zu treiben.

Er saß gegen einen Baumstamm gelehnt, offenbar seine Wohnstätte, denn in den Ästen hing ein zerfranstes Nest. Ich knuffte Schlappohr in die Seite, und vereint stürzten wir uns auf ihn. Er versuchte, in den Baum zu klettern, war aber viel zu langsam. Ich konnte ihn bequem am Bein wieder herunterziehen. Wie die Berserker machten wir uns über ihn her: wir zwickten und zwackten ihn, kniffen ihn in die Waden, kitzelten ihn mit abgerissenen Zweigen in den Ohren und lachten uns halb tot dabei. Seine Wut war aber auch zu komisch. Jeder Versuch, uns mit grimmigen Fratzen einzuschüchtern, verunglückte kläglich. Was dabei herauskam, war ein jämmerliches Greinen. Er knirschte mit seinen wackligen Zähnen und schlug sich mit den schwächlichen Fäusten gegen die magere Brust. Zu allem

Überfluß hustete und keuchte und spuckte er entsetzlich. Jedesmal, wenn er in den Baum klettern wollte, zogen wir ihn wieder hinunter, bis er völlig erschöpft unten sitzen blieb und weinte. Schlappohr und ich setzten uns daneben, schlangen die Arme umeinander und feixten und weideten uns an seiner Erbärmlichkeit.

Sein Weinen schwoll zu einem Flennen an und sein Flennen zu lautem Jammern, bis ihm zuletzt ein Schrei gelang. Da bekamen wir es mit der Angst zu tun und versuchten, ihn zum Schweigen zu bringen. Aber je mehr wir ihn beruhigen wollten, um so lauter schrie er. Und dann hörten wir auch schon aus allernächster Nähe ein ›Goek! Goek!‹ Auf diese Laute folgten mehrere ›Goek! Goek!‹ als Antwort und dann aus der Ferne ein mächtiger Baßchor: ›Goek! Goek! Goek!‹ Zugleich erhob sich das ›Wuh! Wuh!‹ der Waldtiere um uns her.

Und nun ging die wilde Hatz los, die kein Ende nehmen wollte. Der ganze Stamm der Bäumler jagte uns quer durch den Wald! Beinahe gelang es ihnen, uns einzuholen, daher mußten wir auf den Boden, denn hier waren wir ihnen gegenüber im Vorteil. Sie waren zwar die besseren Kletterer, aber auf dem Boden waren sie uns unterlegen. Wir bogen ab in Richtung Norden, den gesamten Bäumlerstamm mit Rachegebrüll auf unseren Fersen. Auf den baumlosen Steppen gewannen wir einen großen Vorsprung, aber im Unterholz holten sie uns wieder ein, und mehr als einmal ging es um Haaresbreite. Im Laufe der Jagd wurde es immer deutlicher, daß auch sie uns nicht die freundschaftlichsten Gefühle entgegenbrachten.

Stundenlang ging das so weiter. Der Wald schien überhaupt kein Ende zu nehmen. Wir hielten uns soweit wie möglich an die Lichtungen, die führten uns aber noch tiefer in die Wälder. Machmal glaubten wir, die Bande abgeschüttelt zu haben, und setzten uns hin, um auszuruhen. Aber kaum waren wir wieder bei Atem, da ging auch schon wieder das verhaßte ›Wuh! Wuh‹ los und das drohende ›Goek! Goek‹, gefolgt von einem zwerchfellerschütternden Gelächter: ›Ha ha ha ha haaaa!!!‹

Auf diese Weise wurden wir von den wutentbrannten Bäumlern kreuz und quer durch die Wälder gehetzt. Gegen Abend wurden die Abhänge immer steiler und die Bäume immer kümmerlicher. Dann kamen wir zu den grasbewachsenen Flanken der Berge. Hier gewannen wir einen großen Vorsprung, und bald gaben die Bäumler die Jagd auf und kehrten in ihre Wälder zurück.

Das Gebirge war kahl und unwirtlich. Dreimal versuchten wir an diesem Abend noch, in den Schutz der Wälder zurückzukehren, aber die Bäumler lagen auf der Lauer und trieben uns zurück. Als die Nacht anbrach, kletterten Schlappohr und ich in einen Zwergbaum, nicht viel höher als ein Strauch. Der bot uns allerdings keine Sicherheit, und wir wären leichte Beute für jedes zufällig vorbeikommende Raubtier gewesen.

Am nächsten Morgen beschlossen wir, den Bäumlern tunlichst aus dem Wege zu gehen und uns ins Gebirge zu schlagen. Wir hatten weder Ziel noch Plan, nur die Angst trieb uns voran. An unsere Wanderungen durchs Gebirge habe ich nur sehr nebelhafte Erinnerungen. Ich weiß nur noch, daß wir etliche Tage in dieser öden, kargen Gegend blieben und viel durchzumachen hatten. Das schlimmste von allem war die Angst. Alles war so neu und fremdartig. Auch die Kälte machte uns viel zu schaffen, vom Hunger ganz zu schweigen.

Das Land war wüst und leer, es gab nichts als Felsbrocken und schäumende Gebirgsbäche und rauschende Wasserfälle. Wir kraxelten durch zerrissene Schluchten und Klüfte, und von jedem neuen Aussichtspunkt breitete sich vor unseren Augen das Panorama der gewaltigen Bergwelt aus. Nachts schliefen wir in Erdlöchern oder Felsspalten, und einmal, es war auch noch besonders kalt, verbrachten wir die ganze Nacht auf einer dünnen Felsspitze.

An einem heißen Mittag erreichten wir, schwindlig vor Hunger, die Wasserscheide. Von diesem hohen Grat aus sahen wir nördlich jenseits der allmählich flacher abfallenden Gebirgszüge einen See.

Er blitzte in der Sonne und war ringsum eingebettet in offenes, welliges Grasland. Im Osten erstreckte sich dunkel ein endloser Wald.

Es dauerte zwei Tage, bis wir an den See kamen. Vor Hunger konnten wir uns kaum noch vorwärts schleppen. Da fanden wir am Ufer im Dickicht ein schlafendes Kalb. Wir töteten es mit unseren Händen, und das war gar nicht so einfach, aber eine andere Art zu töten kannten wir nicht. Als wir uns rundum satt gegessen hatten, trugen wir das restliche Fleisch an den Waldrand und versteckten es in einem Baum. Doch zu diesem Baum kehrten wir nie zurück, denn wir entdeckten, daß es in dem Bach, der in den

Fernen See mündete, von Lachsen wimmelte, die aus dem Meer heraufgewandert waren, um zu laichen.
Westlich des Sees erstreckte sich das Grasland, wo zahllose Büffel und wilde Rinder weideten. Das brachte aber mit sich, daß sich ebenso viele Rudel wilder Hunde herumtrieben, und da es hier keine Bäume gab, war es für uns kein sicherer Ort. Wir folgten nun mehrere Tage lang dem Bach in nördlicher Richtung, bis wir unvermittelt und ohne besonderen Grund östlich abbogen und dann weiter südöstlich durch einen dichten Wald wanderten. Ich will den Leser mit den Einzelheiten dieser Strecke nicht langweilen und erwähne es auch nur, damit er sich nicht wundert, wie wir plötzlich ins Land des Feuervolks gerieten.
Wir verließen den Wald und kamen an einem Fluß heraus. Daß es unser Fluß war, ahnten wir nicht. Es war schon so lange her, daß wir uns verirrt und unsere Heimat verloren hatten. Wir waren inzwischen daran gewöhnt. Wenn ich heute zurückblicke, wird mir klar, daß unser Leben und unser Schicksal von den willkürlichsten Zufällen abhängig war. Wir erkannten also unseren Fluß nicht wieder – wie sollten wir auch? Und wenn wir ihn nicht überquert hätten, wären wir wahrscheinlich nie zu unserer Horde zurückgelangt und ich, der heutige Mensch, der in tausend Jahrhunderten geboren werden sollte, wäre nie geboren. Und doch wünschten Schlappohr und ich uns nichts sehnlicher, als heimzukehren. Wir hatten auf unserer Wanderschaft oft Heimweh gehabt nach unserer Horde und unserem Land, und ich habe oft an die Leichtfüßige gedacht – das junge Weib, das sanfte Laute von sich gab und allein

lebte, und keiner wußte wo. Meine Erinnerungen an sie waren immer von einem Hungergefühl begleitet gewesen, auch wenn ich gerade erst gegessen hatte.

Aber zurück zum Fluß: Nahrung gab es hier in Hülle und Fülle, besonders Beeren und saftige Wurzeln, und wir spielten tagelang am Ufer und ließen es uns gutgehen. Plötzlich hatte Schlappohr eine Idee. Ich konnte förmlich sehen, wie sie sich in seinem Kopf bildete. Zuerst bekamen seine Augen einen wehmütigen Ausdruck, und er war ganz verstört. Dann trübte sich sein Blick, als sei ihm der werdende Gedanke schon entglitten, aber von neuem trat der gequälte Ausdruck in seine Augen, und er machte mir lebhaft Zeichen und zeigte auf das jenseitige Ufer. Er wollte mir etwas mitteilen, doch für seinen Gedanken gab es noch keine Laute. Das Ergebnis war ein Kauderwelsch, über das ich nur lachen konnte. Das machte ihn wütend. Er packte mich und warf mich aufs Kreuz. Natürlich wehrte ich mich, und das Ende vom Lied war, daß er vor mir auf einen Baum floh – ich ihm nach –, sich einen langen Zweig abriß und mich damit in Schach hielt.

Seine Idee war zu einem schwachen Fünkchen verglommen. Er hatte sie fast vergessen, und ich begriff sowieso nicht, was in ihm vorging. Aber am nächsten Morgen flakkerte sie wieder in ihm auf. Es muß der Heimkehrinstinkt gewesen sein, der ihm keine Ruhe ließ. Jedenfalls war die Idee wieder da, und diesmal deutlicher als zuvor. Schlappohr nahm mich bei der Hand und führte mich ans Wasser, wo an einer Stelle ein Baumstamm hängengeblieben war. Ich dachte, er wollte mit mir spielen, wie früher in der

Bucht. Als er einen zweiten Baumstamm heranschleppte, merkte ich immer noch nichts.

Erst als wir wieder nebeneinander auf den Stämmen lagen und, sie in der üblichen Weise zusammenhaltend, hinaus in die Strömung paddelten, ging mir ein Licht auf. Er hielt kurz inne und zeigte hinüber zum anderen Ufer, dabei stieß er aufgeregte, ermunternde Laute aus. Ich verstand sofort, und mit vereinten Kräften paddelten wir darauf zu. Die Strömung ergriff uns und führte uns rasch dem südlichen Ufer entgegen, aber noch ehe wir landen konnten, warf sie uns wieder zurück an das nördliche Ufer.

Hier kam es zu einer heftigen Auseinandersetzung. Da ich das nördliche Ufer so greifbar vor mir sah, paddelte ich frisch darauf zu. Schlappohr dagegen paddelte in die entgegengesetzte Richtung. Unser Floß wirbelte wie wild im Kreise herum, was uns natürlich nicht weiter brachte. Raufen konnten wir uns nicht, da wir unsere Hände brauchten, um das Floß zusammenzuhalten. Also blieb uns nichts anderes übrig, als uns wie die Rohrspatzen zu beschimpfen, bis die Strömung uns wieder gegen das südliche Ufer warf. Nun paddelten wir einmütig darauf zu, landeten und stiegen unverzüglich in die Bäume, um uns mit der Umgebung vertraut zu machen.

13. KAPITEL

Das Volk der Feuermacher entdeckten wir erst am Abend unseres ersten Tages auf der südlichen Seite des Flusses. Nicht weit von dem Baum entfernt, in dem Schlappohr und ich es uns für die Nacht bequem gemacht hatten, schlug eine Gruppe wandernder Jäger ihr Lager auf. Dafür hielten wir sie jedenfalls. Zuerst flößten ihre Stimmen uns Angst ein, aber später, als die Nacht hereinbrach, wurden wir wie magisch von ihrem Feuer angezogen.
Vorsichtig schlichen wir uns von Baum zu Baum, bis wir das Lager aus nächster Nähe überblicken konnten. Auf der Lichtung gleich unten am Fluß brannte ein Feuer, um das ein halbes Dutzend Feuermacher hockte. Plötzlich packte mich Schlappohr beim Arm. Ich spürte, wie er zitterte. Da sah auch ich ihn: den verhutzelten Alten, der vor Jahren Zahnlücke aus dem Baum geschossen hatte. Als er aufstand, um frisches Holz auf das Feuer zu werfen, bemerkte ich, daß er hinkte!
Sein Gesicht war noch zerknitterter als damals, und seine Haare waren ganz weiß.
Die anderen Jäger, lauter junge Männer, hatten alle Pfeil und Bogen neben sich liegen, deren Funktion mit ja inzwischen leider nicht mehr unbekannt war. Sie trugen Tierhäute um die Lenden und über den Schultern, nur ihre Arme und Beine waren frei, und barfüßig waren sie auch. Wie ich schon erwähnte: sie waren nicht ganz so haarig

wie wir von der Horde, aber auch ihre Köpfe waren nicht sehr groß, und ihre Stirn war genauso niedrig.
Sie waren auch weniger gebeugt und nicht so geschmeidig in den Gliedern wie wir. Ihr Rücken und ihre Hüften und Kniegelenke schienen irgendwie steifer zu sein. Auch ihre Arme waren nicht so lang und sie brauchten sich nie beim Gehen mit den Händen zu stützen. Ihre Muskeln waren abgerundeter und ebenmäßiger und ihre Gesichtszüge angenehmer. Ihre Nasenlöcher öffneten sich nach unten, und ihre Nasenrücken waren ausgeprägter. Ihre Lippen waren nicht so dick und schwabbelig und ihre Schneidezähne weniger wie Fänge. Aber sie waren genauso schmal in den Hüften wie wir und uns überhaupt in ihrer ganzen Statur sehr ähnlich, jedenfalls mehr als das Baumvolk.
Das Feuer hatte es uns angetan. Schlappohr und ich blieben noch stundenlang wach und sahen zu, wie die Flammen loderten und der Rauch sich kräuselte. Am schönsten war es, wenn neues Holz darauf geworfen wurde und die Funken stoben. Ich hielt es vor Neugier fast nicht mehr aus und wollte näher heran, aber unser Baum stand gleich am Rande der Lichtung, und wir konnten es nicht riskieren, von ihnen gesehen zu werden.
Die Feuermacher hockten mit dem Kopf auf den Knien um das Feuer herum und schliefen. Sie schliefen nicht tief. Ihre Ohren zuckten, und sie waren unruhig. Ab und zu stand einer von ihnen auf und warf Holz auf das Feuer. In der Dunkelheit des Waldes, jenseits des Lichtkreises, gingen die Raubtiere um. Schlappohr und ich konnten sie an ihren Lauten erkennen, wilde Hunde, eine Hyäne und dann ein

entsetzliches Knurren und Fauchen. Die Feuermacher waren augenblicklich hellwach.
Unter unserem Baum standen ein Löwe und eine Löwin. Ihre Nackenhaare standen hoch, und sie blinzelten zum Feuer hin. Der Löwe leckte sich schon die Lefzen und zitterte und wollte sie alle zerreißen und verschlingen. Aber die Löwin zögerte. Sie war es auch, die uns im Baum sitzen sah. Reglos stand das Löwenpaar unter uns und sah mit bebenden Nasenflügeln zu uns auf. Dann gaben sie ein böses Knurren von sich, blickten noch einmal zum Feuer hinüber und verschwanden im Dickicht.
Schlappohr und ich blieben noch lange wach. Dann und wann hörten wir es im Unterholz knacken und krachen, wenn sich ein schwerer Leib durch das Gebüsch schob, und aus der Dunkelheit jenseits des Feuers funkelte hier und da ein gelbes Augenpaar auf. In der Ferne brüllte ein Löwe. Kurz darauf schreckten wir zusammen von dem Todesschrei eines Tieres; wir hörten, wie es an der Tränke zappelnd im Wasser aufklatschte, dann wieder Stille. Vom Fluß her ertönte das Grunzen eines Rhinozerosses.
Spät am nächsten Morgen, nachdem wir doch noch ein paar Stunden geschlafen hatten, schlichen wir uns an die Feuerstelle. Die Kohle glühte noch, aber die Feuermacher waren fort. Wir machten eine Runde durch den Wald, um uns zu vergewissern, daß keine Gefahr mehr bestand, dann rannten wir zum Feuer zurück. Ich wollte unbedingt wissen, wie es sich anfühlte, und nahm eine rote Kohle in die Hand.
Mit einem Schmerzensschrei ließ ich sie fallen, was Schlapp-

ohr veranlaßte, mit einem Satz in einen Baum zu springen – und ich hinterdrein.
Das nächste Mal waren wir vorsichtiger, jedenfalls ließen wir die glühenden Kohlen liegen. Wir wollten es wie das Feuervolk machen. Wir hockten uns vor das Feuer, legten den Kopf auf die Knie und taten, als ob wir schliefen. Wir ahmten ihre Laute nach und sprachen auf ihre Weise miteinander, was ein irrsinniges Kauderwelsch ergab.
Mir fiel ein, wie der Alte immer mit einem Stock in dem Feuer herumgestochert hatte. Also suchte auch ich mir einen Stock und rührte in den Kohlen herum, daß die Asche in dichten Wolken aufstieg. Bald waren wir von oben bis unten mit einer dicken weißen Schicht bedeckt.
Es ergab sich von selbst, daß wir es auch mit dem Anfachen des Feuers den Feuermachern gleichtaten. Zuerst versuchten wir es mit kleinen Holzstücken. Es gelang! Das Holz flammte auf und knisterte, und wir jubelten und tanzten um das Feuer herum. Nun warfen wir größere Holzstücke darauf und immer mehr, bis wir ein gewaltiges Feuer hatten. Aufgeregt liefen wir zwischen den Bäumen und dem Feuer hin und her und schleppten morsche Äste und Zweige heran. Die Flammen schlugen prasselnd höher und höher, es regnete Funken, und die Rauchsäule ragte schon weit über die Wipfel der Bäume. Ein ungeheures Krachen und Bersten erfüllte die Luft. Dies war das Herrlichste, was wir jemals mit eigenen Händen zustande gebracht hatten! Stolz betrachteten wir unser Werk. Nun waren auch wir Feuermacher! Und wir faßten uns an den Händen und tanzten wie weiße Wichtelmänner um das Feuer herum.

Das trockene Gras und das dürre Unterholz hatten schon Feuer gefangen, aber vor lauter Freude merkten wir nichts davon. Plötzlich stand ein großer Baum am Rande der Lichtung in Flammen. Erschrocken sahen wir hinüber. Die Hitze, die er ausströmte, trieb uns zurück. Da ging ein weiterer Baum in Flammen auf, und noch einer, und jetzt brannte schon ein halbes Dutzend. Die Hölle war los! Zitternd und bebend warfen wir uns auf den Boden. Das Feuer griff immer weiter um sich und kesselte uns ein. In Schlappohrs Augen trat der kläglich fragende Ausdruck, den wir immer bekamen, wenn wir etwas nicht begriffen. Ich schaute vermutlich genauso töricht drein. Aneinandergeschmiegt verharrten wir so, bis die Hitze unerträglich wurde und der Geruch verbrannter Haare uns in die Nase stieg. Da stürmten wir in panischer Angst westwärts durch den Wald. Im Laufen sahen wir uns noch ein paarmal um und kicherten. Mittags erreichten wir eine Landenge, die, wie wir später entdeckten, durch eine fast kreisrunde Schleife geformt wurde, die der Fluß hier machte. Jenseits dieser Enge zogen sich nach Westen hin wellige, zum Teil bewaldete Hügel, die wir überquerten. Hinter uns der Wald war ein einziges Flammenmeer, das ein nun aufkommender Wind ostwärts peitschte. Wir folgten dem Flußufer in entgegengesetzter Richtung, und ehe wir's uns versahen, befanden wir uns mitten auf dem Wohnplatz des Feuervolks.

Strategisch gesehen, war diese Stelle eine glänzende Wahl. Wie eine Halbinsel wurde sie an drei Seiten von Wasser begrenzt und war nur an einer Seite vom Lande her zu erreichen, nämlich von der Landenge her, und hier bildeten die Hügel eine natürliche Grenze. Praktisch abgeschieden von der übrigen Welt, mußte das Feuervolk hier lange in Frieden und Wohlstand gelebt haben. Ich glaube sogar, daß dieser Wohlstand letztlich der Grund für seine spätere Völkerwanderung war, die sich so verhängnisvoll für das Höhlenvolk auswirken sollte. Denn das Feuervolk nahm dadurch zahlenmäßig ständig zu, bis der natürlich begrenzte Lebensraum nicht mehr ausreichte. So mußte es sich räumlich ausdehnen, und im Zuge dieser Ausdehnung vertrieb es unsere Horde, das Höhlenvolk, aus seinem Territorium. Aber noch ahnten Schlappohr und ich nichts von alledem. Wir hatten nur einen Gedanken, und der war: Wie kommen wir hier weg? Unsere Neugier mußten wir aber noch schnell befriedigen. Durch das Laub spähten wir auf den Dorfplatz und sahen zum ersten Mal die Frauen und Kinder der Feuermacher. Die Kinder liefen zum größten Teil nackt herum, die Frauen waren mit Tierhäuten bekleidet. Das Feuervolk lebte wie wir in Höhlen. Auf dem Platz vor den Höhlen, der ein sanftes Gefälle zum Fluß hin hatte, brannten etliche kleine Feuer. Ob das Feuervolk hierauf seine Nahrung kochte, weiß ich bis heute nicht. Schlappohr und ich sahen niemanden beim Kochen. Meiner Meinung nach müssen sie aber eine primitive Form des Kochens gekannt haben. Wie wir trugen sie das Wasser in ausgehöhlten Kürbissen vom Fluß herauf. Es war ein ständiges Kommen und Gehen, und Frauen wie Kinder machten einen Riesenspektakel. Die Kleinen rissen Possen genau wie in unserer Horde, und sie sahen unseren Kindern ähnlicher als die Erwachsenen der beiden Stämme.

Schlappohr und ich hielten uns nicht lange auf. Wir sahen nämlich einige halbwüchsige Jungen, die sich im Schießen mit Pfeil und Bogen übten. Also zogen wir uns zurück und machten uns durch dichteren Wald auf den Weg zum Fluß. Und hier fanden wir ein Floß. Ein richtiges Floß! Offenbar das Werk eines Feuermachers. Die beiden Stämme waren kurz und schnurgerade und wurden mit zähen Wurzeln und hölzernen Querbalken zusammengehalten.

Diesmal hatten wir gleichzeitig denselben Einfall. Da wir aus dem Land des Feuervolks fliehen wollten – was war naheliegender, als es auf diesem Floß zu tun? Wir kletterten hinauf und stießen uns ab. Mit einem heftigen Ruck wurde es flußabwärts gegen das Ufer geworfen. Fast landeten wir alle beide im Wasser. Das Floß war nämlich mit einem Seil aus gedrehten Wurzeln an einem Baumstamm festgebunden! Wir lösten es und versuchten es noch einmal. Bis wir uns in die Strommitte gepaddelt hatten, waren wir so weit flußabwärts getrieben, daß wir vom Wohnplatz des Feuervolks deutlich gesehen werden konnten. Wir waren jedoch so vertieft in unsere Paddelei, und unser Blick war so starr auf das andere Ufer gerichtet, daß wir nichts merkten, bis ein gellender Schrei uns aufschreckte. Wir drehten uns um. Aus allen Richtungen liefen die Feuermacher am Strand zusammen und zeigten auf uns, weitere kamen aus ihren Höhlen gekrochen. Wir richteten uns auf und sahen uns das Schauspiel an. Darüber vergaßen wir völlig das Paddeln. Mehrere spannten ihre Bogen, und ihre Pfeile spritzten in unmittelbarer Nähe von uns im Wasser auf, aber ohne uns zu treffen.

Es war ein großer Tag für Schlappohr und mich! Im Osten war der Himmel noch schwarz vom Rauch des Waldbrandes, den wir gestiftet hatten. Und hier schwommen wir in absoluter Sicherheit mitten auf dem Fluß und umkreisten die Festung des Feuervolks.
Wir konnten uns vor Lachen nicht halten, als wir an ihnen vorbeiflitzten, zuerst in einem Bogen von Osten nach Süden, dann zurück nach Osten in einer nördlichen Biegung und wieder nach Süden – es war eine riesige Doppelkurve, und der Fluß schien sich an dieser Stelle buchstäblich in einen Knoten schlagen zu wollen.
Als wir das Feuervolk weit hinter uns gelassen hatten, breitete sich vor unseren Augen ein vertrauter Anblick aus. Es war die große Tränke, die wir ein paarmal besucht hatten, um bei der großen Versammlung der Tiere zuzuschauen. Gleich dahinter mußte das Möhrenfeld liegen, und noch ein Stück weiter die Höhlen und der Wohnplatz unserer Horde. Wir waren wieder daheim! Wir paddelten auf das Ufer zu und landeten an der Trinkstelle. Mehrere Frauen mit ihren Kindern waren gerade dabei, ihre Kürbisse mit Wasser zu füllen. Als sie uns sahen, ließen sie alles stehen und liegen und flohen über die Rampen in ihre Höhlen.
Wir hatten natürlich nicht so weit vorausgedacht, unser Floß festzubinden, und so trieb es herrenlos flußabwärts. Uns ängstlich nach allen Seiten umsehend, stahlen wir uns über eine Rampe auf den großen Platz. Die ganze Horde hatte sich in ihre Löcher verkrochen, nur hier und da spähten zwei Augen aus einem Höhlenspalt. Rotauge war nirgends zu sehen.

In dieser Nacht schliefen wir wieder in unserer kleinen Höhle hoch oben in der Felswand, nachdem wir zuerst zwei freche Gören hinauswerfen mußten, die sich in unserer Abwesenheit darin eingenistet hatten.

Steinspitze
mittelpaläolithisches Atérien

14. KAPITEL

Die Monate kamen und gingen. Die Katastrophe unseres Lebens stand uns aber noch bevor. Wir ahnten nichts davon, lebten friedlich vor uns hin und stampften Nüsse. Es war ein gutes Nußjahr. Wir füllten ganze Kürbisse damit und trugen sie auf den Dorfplatz, wo wir uns alle zum Nüssestampfen versammelten. Wir legten sie in die Vertiefung eines Felsbrockens, klopften mit einem dicken Stein darauf und aßen sie gleich auf.

Als Schlappohr und ich von unserer abenteuerlichen Reise zurückkamen, war es Herbst. Inzwischen war es Winter geworden. Ein milder Winter. Ich machte häufige Ausflüge in die Gegend, wo mein Heimatbaum stand, und oft kämmte ich das ganze Gelände zwischen Heidelbeersumpf und Flußbucht durch, um die Leichtfüßige zu finden. Ohne Erfolg. Sie war wie vom Erdboden verschluckt. Und ich hatte solche Sehnsucht nach ihr!

Das Leben im Höhlendorf war niemals eintönig. Da war zum Beispiel Rotauge. Schlappohr und ich hatten keine ruhige Minute, außer wenn wir in unserer kleinen Höhle waren. Obwohl wir die Öffnung vergrößert hatten, mußten wir uns immer noch hineinzwängen. Von Zeit zu Zeit machten wir das Loch etwas größer, für Rotauges monströse Ausmaße war sie aber Gott sei Dank immer noch zu klein. Er hatte auch seit unserer Rückkehr nie wieder versucht, unsere Höhle zu stürmen. Er hatte seine Lektion

gelernt, und zum Andenken glühte eine dicke Narbe an seinem Hals, die man von weitem sehen konnte. Oft, aus sicherer Entferung, hatte ich ein diebisches Vergnügen daran, das Ergebnis meiner ›Handarbeit‹ zu betrachten.
Schlappohr und ich wußten, daß die anderen Dörfler uns nicht zu Hilfe kommen würden, falls es Rotauge einfiele, uns vor ihren Augen in Stücke zu reißen. Trotzdem sympathisierten sie mit uns, oder vielleicht war es auch mehr ihr Haß auf Rotauge als ihre Sympathie mit uns – jedenfalls warnten sie uns, wenn er in der Nähe war, ob an der Trinkstelle, auf dem Dorfplatz oder im Walde.
Einmal erwischte er mich aber doch – fast. Es war früh am Morgen. Die Dörfler waren noch nicht auf. Ich war an der Trinkstelle gewesen und wollte zurück in meine Höhle. Da verstellte er mir den Weg. Ich konnte weder vorwärts noch zurück. Mir fiel die Doppelhöhle ein, in der Schlappohr mich vor vielen Jahren zum Narren gehalten und der alte Tiger Säbelzahn seine schmählichste Niederlage erlebt hatte. Mit einigen Sprüngen war ich drin, doch kaum war ich durch den Verbindungsspalt geschlüpft, als ich merkte, daß Rotauge mir gar nicht gefolgt war! Da kam er mir auch schon von der anderen Seite entgegen. Ich zurück durch den Spalt – er zurück und an der anderen Seite wieder hinein.
So ging das den halben Tag, bis er schließlich aufgab. Seitdem, wenn Rotauge auftauchte und wir einigermaßen sicher sein konnten, die Doppelhöhle rechtzeitig zu erreichen, sparten wir uns den langen Weg bis hinauf in unsere eigene Höhle.

In diesem Winter brachte Rotauge auch seine derzeitige Ehefrau um, nicht ohne sie vorher noch gründlich beschimpft und verdroschen zu haben. Ich habe ihn als atavistisches Phänomen bezeichnet, aber in der Behandlung seiner Partnerinnen war er schlimmer als die gemeinste Bestie. Ich meine sogar, daß dieser Zug trotz seines stark atavistischen Einschlags ein Ansatz zu seinem künftigen Menschsein war, denn nur bei Menschen kommt es vor, daß der männliche Partner den weiblichen tötet.

Wie nicht anders zu erwarten war, hatte er sein Auge schon auf eine neue Frau geworfen. Es war die Singende, eine Enkelin des alten Markbein und Tochter des Haarlosen. Sie war ein blutjunges Ding. Wenn es abends dunkel wurde, saß sie gern an ihrer Höhlenöffnung und sang. Erst vor kurzem hatte sie sich mit Krummbein gepaart, einem jungen Mann von stillem Wesen, der sich mit niemandem anlegte und auch selbst gern in Frieden gelassen wurde. Also nicht direkt ein Haudegen, was vielleicht damit zusammenhing, daß er klein und schmächtig war und auch nicht so gut auf den Beinen wie wir anderen.

Diesmal übertraf Rotauge sich selbst an Brutalität. Es war die stille Dämmerstunde am Ende des Tages, wenn wir uns auf dem Platz zusammenfanden, ehe wir in unsere Höhlen stiegen. Mit einemmal kam die Singende mit fliegenden Haaren von der Trinkstelle auf ihren Mann zugerannt, gefolgt von Rotauge.

Der arme kleine Krummbein zitterte wie Espenlaub. Aber er verhielt sich heldenhaft.

Obwohl er wußte, daß er des Todes war, lief er nicht weg,

sondern richtete sich zu seiner ganzen Größe auf und zeigte Rotauge die Zähne. Buchstäblich.
Rotauge brüllte vor Wut. Daß einer der Dörfler es wagte, ihm entgegenzutreten! Er packte Krummbein bei der Gurgel. Der schlug Rotauge seine Zähne in den Arm, aber schon im nächsten Augenblick flog er mit gebrochenem Genick zu Boden, wo er sich noch eine Weile in Todesqualen wand. Die Singende kreischte wie von Sinnen und stieß unartikulierte Laute aus. Da packte Rotauge sie bei den Haaren und schleifte sie hinter sich her die Felsen hinauf in seine Höhle.
Wir waren außer uns vor Zorn und machten unserer Empörung lautstark Luft. Wir trommelten uns gegen die Brust, wir knirschten mit den Zähnen, die Haare standen uns zu Berge. Wir drängten uns dichter zusammen. In uns regte sich ein Trieb zu gemeinschaftlichem Handeln. Aber diese Regung war so vage, daß wir sie nicht in die Tat umsetzten. Dazu fehlten uns die Ausdrucksmittel. Und wenn wir uns nicht alle zusammenrotteten, um Rotauge zu vernichten, dann nur, weil wir kein entsprechendes Vokabular hatten. Uns bewegten Gefühle und Gedanken, für die es noch keine Wortsymbole gab. Diese mußten sich erst noch langsam und mühselig entwickeln.
Wir versuchten Laute hervorzubringen, die mit diesen unbestimmten Gedanken befrachtet waren. Der Haarlose brach in lautes Geschnatter aus. Die Laute drückten Haß auf Rotauge aus und den Wunsch, ihn zu vernichten. So weit reichten sie, und so weit verstanden wir sie. Aber sobald er versuchte, seinen Impuls zu gemeinschaftlichem Handeln zu

artikulieren, waren sie nichts als ein unverständliches Gebrabbel. Nun fing Mondgesicht an, sich gegen die Brust zu trommeln, und einer nach dem anderen stimmten wir ein in diese Orgie der Entrüstung, selbst der alte Markbein lallte mit seiner Fistelstimme dazwischen. Einer ergriff einen Stock und schlug damit auf einen Baumstamm. Gleich wurde ein Rhythmus daraus, und wie von selbst paßten wir unsere Laute diesem Rhythmus an. Er hatte eine beruhigende Wirkung auf uns. Bald war unsere Wut vergessen. Unsere erste Sing- und Lachversammlung war in vollem Gange.

Diese Hi-Hi-Versammlungen sind ein glänzendes Beispiel für unsere Unfähigkeit, konsequent vorzugehen. Vereint in namenloser Empörung und dem Impuls zu kollektivem Handeln, ließen wir uns von einem simplen Rhythmus so weit hinreißen, alles wieder zu vergessen. Wir waren gesellig und fröhlich von Natur, und diese Versammlungen genügten uns vollkommen als Ausdruck unserer Impulse. In gewisser Weise waren sie eine Vorform der Ratsversammlungen der ersten Menschen und der Massenvolksversammlungen und internationalen Kongresse des heutigen Menschen. Da wir noch keine Sprache hatten, glichen sie einem babylonischen Stimmengewirr, aus dem einmütige Rhythmen hervorgingen, die schon den Keim werdender Kunst in sich trugen.

So ein Rhythmus wurde nie lange durchgehalten. Er verlor sich sehr schnell, und dann brach jedesmal ein Höllenlärm los, bis er uns wieder einfiel oder durch einen neuen ersetzt wurde. Manchmal wurden ein halbes Dutzend gleichzeitig getrommelt, wobei jede Gruppe versuchte, die anderen zu übertönen. In den kakophonischen Pausen kreischte und johlte, hüpfte und zappelte jeder vor sich hin, eingesponnen in seine eigenen Gedanken und Wünsche, an denen kein anderer Anteil haben konnte, jeder ein kosmischer Mittelpunkt, vorübergehend losgelöst von allen vereinheitlichenden Prinzipien. Und aus diesem chaotischen Getöse schälte sich plötzlich ein Rhythmus heraus, ein Händeklatschen und Trommeln, angefangen von einem, der in einem wiederkehrenden Takt hüpfte, oder von einem, dessen Singsang explosiv und regelmäßig war in steigender und fallender Modulation: ›Ta-tam, ta-tam! Ta-tam! Ta-tam!‹ Dann fielen wir einer nach dem anderen ein, und bald tanzten wir dazu und sangen alle im Chor. ›Ha-ah, ha-ha, Ha-ah-ha!‹ war einer unserer Lieblingschöre, und ein anderer ging so: ›Eh-wah, eh-wah, eh-wah-hah!‹

Im trüben Zwielicht der Vorzeit torkelten und tanzten und sangen wir und fanden Vergessen und Einmütigkeit und steigerten uns in eine Ekstase der Sinne. Und so kam es, daß unsere Empörung über Rotauge sich durch die Kunst in Nichts auflöste und wir unsere tolle Raserei und unsere wilden Chöre fortsetzten, bis die Sterne herauskamen und die Nacht mit ihren Schrecken sich über uns senkte und wir, leise Warnrufe miteinander austauschend, in unsere Höhlen krochen.

Nichts fürchteten wir so sehr wie die Dunkelheit. Kein religiöser Keim steckte in uns, kein Begriff von der übernatürlichen, unsichtbaren Welt. Für uns gab es nur die reale Welt. Wir fürchteten uns nur vor realen Dingen, konkreten Gefahren, Wesen aus Fleisch und Blut, die uns nach dem Leben trachteten. Sie waren es, die uns Angst vor der Dunkelheit einflößten, denn das war die Zeit, wenn sie auf Beutejagd ausgingen. Bei Nacht verließen sie ihre Höhlen und lauerten in der Finsternis auf ihr Opfer.

Es ist möglich, daß aus dieser Angst vor den realen Bewohnern der Finsternis später die Angst vor den irrealen entstand, und daß sie sich steigerte und später in der Vorstellung von einem unübersehbaren Reich der unsichtbaren Kräfte gipfelte. So wie die menschliche Phantasie sich entwickelte, ist wahrscheinlich auch die Angst vor dem Tode gewachsen, bis die kommenden Völker diese Angst in ein Reich der Finsternis projizierten, das sie mit Geistern und Gespenstern bevölkerten.

Ich glaube, das Feuervolk hatte schon begonnen, in diesem modernen Sinne Angst vor der Dunkelheit zu haben. Wir jedoch, wenn wir unsere Lach- und Singversammlungen abbrachen, um in unsere Höhlen zu kriechen, taten dies einzig und allein, weil wir uns vor dem alten Säbelzahn fürchteten, vor den Löwen und Schakalen, den wilden Hunden und Wölfen und allen anderen hungrigen, fleischfressenden Tierarten.

15. K A P I T E L

Im zweiten Winter nach unserer Abenteuerreise heiratete Schlappohr. Es kam für mich höchst unerwartet. Er hatte mir gegenüber nie eine Silbe davon erwähnt. Eines Abends kletterte ich wie üblich an der Felswand hoch, zwängte mich durch den Höhleneingang und – sah, daß die Höhle schon besetzt war. Für mich war kein Platz. Schlappohr und seine Frau hatten es sich schon bequem gemacht.

Die Frau war keine andere als meine Schwester, die Tochter meines Stiefvaters, des Schwätzers. Ich versuchte mit Gewalt, mich dazwischenzudrängen, aber hier war kein Platz für drei, und die beiden fielen über mich her und kratzten und bissen mich und zogen mich an den Haaren, daß ich nachher froh war, mit einigermaßen heiler Haut davonzukommen.

In dieser Nacht und noch in vielen darauffolgenden Nächten schlief ich im Verbindungsgang der Doppelhöhle. Meiner Erfahrung nach war es hier einigermaßen sicher.

An die wilden Hunde, die klein genug waren, mir durch jeden noch so schmalen Spalt zu folgen, dachte ich gar nicht mehr. Eines Nachts spürten sie mich auf. Ich schlüpfte durch den Verbindungsspalt, einige folgten mir, die anderen standen schon vor dem Höhleneingang und nahmen mich in Empfang. Mit einem Satz war ich an der Felswand und kletterte hinauf, aber noch im Sprung hatte sich eine dieser Bestien in meinem Schenkel festgebissen. Fast wäre es ihr gelungen, mich zu Fall zu bringen. Aber ich ließ sie einfach an mir herunterbaumeln und verwendete alle meine Kräfte darauf, mich außer Reichweite der hungrigen Meute zu bringen. Erst als ich in Sicherheit war, packte ich diesen lebendigen Schraubstock mit beiden Händen an der Gurgel und drückte ihm Millimeter für Millimeter die Luft ab, während er sich wie ein kleiner Satan wehrte: mit den Hinterbeinen krallte er sich in mein Fell und hängte sich mit seinem ganzen Gewicht an mich, um mich in die Tiefe zu zerren.

Endlich erschlafften seine Kiefer. Ich löste sie aus meinem zerfetzten Fleisch, nahm den toten Hund unter den Arm und kletterte hinauf. Den Rest der Nacht verbrachte ich vor dem Eingang zu meinem früheren Zuhause, in dem Schlappohr und Frau friedlich schlummerten. Unterwegs hatte ich aber noch eine Schimpf- und Schmähtirade der Dörfler über mich ergehen zu lassen, die von dem Krawall aufgewacht waren und ihren Ärger an mir ausließen. Aber ich rächte mich. Sowie das Bellen der wilden Hunde nachließ, warf ich einen dicken Stein hinunter, und das Gekläff ging von vorne los.

Am nächsten Morgen teilte ich den Hund mit Schlappohr und meiner Stiefschwester. Wir hatten drei Tage an dem Tier zu essen, und drei Tage lang faßten wir keine Nuß und keine Möhre an.

Schlappohrs Ehe war nicht glücklich. Das einzig Gute daran war, daß sie nicht lange dauerte. Auch ich wurde meines Lebens nicht mehr froh, denn ich fühlte mich sehr einsam ohne ihn. Irgendwie wurde ich mit keinem der anderen

Jungen so richtig warm. Auch litt ich unter meiner Obdachlosigkeit.
Ich hätte natürlich heiraten können, wenn die Frauen in unserer Horde nicht so knapp gewesen wären. Man darf wohl annehmen, daß dieser Frauenmangel zum Teil auf Rotauges maßlosen Verschleiß zurückzuführen war, und damit wäre wieder einmal bewiesen, welch eine Bedrohung er für die Horde bedeutete. Und dann war da noch die Leichtfüßige, die ich nicht vergessen konnte.
Jedenfalls trieb ich mich in dieser Zeit so ziemlich ziellos in der Weltgeschichte herum. Wenn ich nachts schlief, war ich großen Gefahren ausgesetzt. An Bequemlichkeit war sowieso nicht zu denken. Als einer der Dörfler starb, nahmen andere seine Witwe zu sich, und die Höhle wurde frei. Ich zog darin ein, doch da stellte sich heraus, daß sie eine zu große Öffnung hatte, und nachdem Rotauge mich eines Tages um ein Haar darin erwischt hätte, schlief ich wieder in der Doppelhöhle. Im Sommer blieb ich oft wochenlang im Wald und übernachtete in einem Baumnest, das ich mir in der Nähe der Flußbucht gebaut hatte.
Ich sagte schon, daß Schlappohr in seiner Ehe nicht glücklich war. Meine Schwester war eben in jeder Beziehung die Tochter des Schwätzers, und Schlappohr hatte bei ihr nichts zu lachen. In keiner Höhle hörte man soviel Gezänk und Gekabbel wie bei den Schlappohrs. Wenn Rotauge ein Ritter Blaubart war, dann war Schlappohr ein Pantoffelheld, und es ist nicht verwunderlich, daß Rotauge die Finger von ihr ließ.
Zu Schlappohrs großem Glück sollte sie nicht mehr lange

leben. In diesem Jahr geschah nämlich etwas Ungewöhnliches. Der Sommer neigte sich schon seinem Ende zu, da wurde uns völlig unerwartet noch eine zweite Möhrenernte beschert, die ja bekanntlich besonders zart und saftig ist. Tagelang tummelte die Horde sich auf dem Möhrenfeld. Eines Morgens hatten wir uns wieder in aller Frühe dort zum Frühstück versammelt. Zu meiner Rechten hockten friedlich schmatzend der Haarlose mit seinem Vater, dem alten Markbein, und seinem Sohn Langlippe. Links von mir schmausten Schlappohr und meine Schwester. Da sprangen der Haarlose und meine Schwester mit einem Aufschrei hoch. Gleichzeitig hörte ich das Zischen der Pfeile. Die beiden lagen keuchend und stöhnend und wild um sich schlagend auf dem Boden. Wir anderen ergriffen die Flucht. Ein Pfeil sauste dicht an mir vorbei und grub sich in die Erde, sein gefederter Schaft zitterte noch von der Wucht des Aufpralls. Ich machte einen eleganten Bogen um ihn herum, doch Schlappohr schlug gleich neben mir hart auf den Boden. Ein Pfeil war ihm quer durch den Unterschenkel gegangen und hatte ihn zu Fall gebracht. Er rappelte sich wieder hoch und lief weiter, stolperte aber ein zweites Mal.

Zitternd vor Angst duckte er sich dicht auf den Boden und rief mich zurück. Ich kniete mich neben ihm hin, um den Pfeil herauszuziehen. Aber der Schmerz war unerträglich für ihn, und er packte mich beim Handgelenk. Da flog ein Pfeil genau zwischen uns beiden durch, traf auf einen Felsbrocken und fiel splitternd zu Boden. Das war zuviel für mich. Mit einem Ruck riß ich Schlappohr den Pfeil aus dem

Bein, er brüllte vor Schmerz laut auf und schlug erbost nach mir, aber er konnte nun wenigsten wieder laufen, und wir rannten, was wir konnten.

Ich sah mich nur noch einmal kurz um. Der alte Markbein war weit hinter den Fliehenden zurückgeblieben und lief torkelnd mit dem Tod um die Wette. Mehrmals war er in Gefahr zu stürzen, und einmal brach er wirklich zusammen, aber es kamen keine Pfeile mehr. Umständlich rappelte er sich wieder hoch. Das Alter hatte ihn tief gebeugt, aber sterben wollte er noch nicht. Die drei Feuermacher, die jetzt aus ihrem Versteck gelaufen kamen, nahmen keine Notiz von ihm. Wahrscheinlich war er ihnen zu zäh. Der Haarlose und meine Schwester waren offensichtlich mehr nach ihrem Geschmack. Von einem Baum aus mußte ich mitansehen, wie sie den beiden mit einem dicken Stein die Schädeldecke zertrümmerten. Einen der Feuermacher erkannte ich wieder. Es war der verhutzelte Alte mit dem steifen Bein.

Wir kletterten durch die Bäume heim zu unseren Höhlen: ein wüster Haufen, scheuchten wir das Waldgetier auf und trieben es vor uns her in seine Behausungen. Die Blaudohlen flatterten aufgeregt zwitschernd aus ihren Nestern. Aber die schlimmste Gefahr war nun vorbei. Langlippe wartete auf seinen Großvater Markbein, und zusammen bildeten sie den Abschluß der verängstigten Horde.

Nun war Schlappohr also wieder Junggeselle. In der folgenden Nacht schliefen wir wie in alten Zeiten zusammen in unserer kleinen Höhle, und unser früheres Leben begann von neuem. Der Verlust seiner Gefährtin schien ihm nicht sehr nahezugehen. Jedenfalls zeigte er keinerlei Anzeichen von Kummer. Es war die Wunde in seinem Bein, die ihn quälte, und es dauerte eine ganze Woche, bis er wieder munter und fidel war.

Markbein war der einzige Greis in unserer Horde. Manchmal, wenn ich so zurückdenke, meine ich eine auffallende Ähnlichkeit zwischen ihm und dem Gärtner meines Vaters festzustellen, an den ich mich aus meiner Kindheit erinnere. Er war sehr alt und hinfällig, und wenn er mich aus seinen wäßrigen Äuglein ansah und mich zahnlos anlächelte, dann war er dem alten Markbein wie aus dem Gesicht geschnitten. Er hatte sogar einen schütteren weißen Ziegenbart, ganz wie der alte Markbein. Diese Ähnlichkeit flößte mir große Angst ein, und wenn ich ihn von weitem kommen sah, rannte ich weg, so schnell ich konnte.

Wie gesagt, Markbein war der einzige alte Mensch in unserer Horde. Er war eine Ausnahme. Normalerweise erreichten die Mitglieder der Horde kein hohes Alter. Selbst die mittlere Altersgruppe war nur spärlich vertreten. Die meisten starben früh eines gewaltsamen Todes, wie mein Vater und Zahnlücke und meine Stiefschwester und der Haarlose. Im vollen Besitz ihrer Kräfte wurden sie mitten aus dem Leben gerissen. Ein natürlicher Tod? In unserer Zeit war ein gewaltsamer Tod die natürlichste Art zu sterben.

Bei uns starb keiner an Altersschwäche. Ich habe jedenfalls nie von einem solchen Fall gehört. Selbst Markbein starb keines natürlichen Todes. Eine schlimme Verletzung, eine vorübergehende Behinderung bedeutete den sicheren

Tod. In der Regel wurden diese Todesfälle von niemandem beobachtet. Die Dörfler, denen ein solches Unglück zustieß, wurden nie wieder gesehen. Sie verließen morgens ihre Höhle und kamen nie wieder zurück. Sie verschwanden einfach – und nicht selten im Rachen eines hungrigen Raubtiers.

Der Überfall der Feuermacher auf dem Möhrenfeld war aber erst der Anfang vom Ende. Noch ahnten wir nicht, was sie im Schilde führten, obwohl sie sich im Laufe der Zeit immer öfter bei uns blicken ließen. Zu zweit oder dritt schlichen sie sich lautlos durch den Wald an unseren Wohnplatz. Mit ihren fliegenden Pfeilen waren sie in der Lage, Entfernungen aufzuheben und ihre Beute aus dem Wipfel des höchsten Baumes herunterzuschießen, ohne selbst einen Schritt zu tun. Pfeil und Bogen stellten eine ungeheure Verlängerung ihrer Gliedmaßen dar, so daß sie praktisch auf hundert Fuß Entfernung oder noch mehr ihr Opfer treffen und töten konnten. Somit waren sie schrecklicher als selbst Säbelzahn. Überdies waren sie sehr intelligent. Sie hatten eine Sprache, mit der sie sich, besser als wir, verständigen und gemeinsam Pläne ausarbeiten konnten.

Mit der Zeit wurden wir immer vorsichtiger, wenn wir im Wald waren, und bald wagten wir uns kaum noch hinein. Die Bäume boten uns nur noch begrenzt Schutz. Die Zeiten waren endgültig vorbei, wo man auf einem Ast sitzen und sich über seine fleischfressenden Feinde totlachen konnte. Denn fleischfressend waren die Feuermacher gewiß. Ihre Klauen und Zähne waren hundert Fuß lang, und von allen Raubtieren der Vorzeit waren sie die schrecklichsten.

Eines Morgens, noch ehe wir uns zur Nahrungssuche im Wald verstreut hatten, brach an der Trinkstelle ein panisches Gerenne aus: die ganze Horde floh in blinder Hast in ihre Höhlen. Es war unsere Gewohnheit, zuerst zu fliehen und später nachzusehen, warum. Wir warteten in den Höhleneingängen und lugten hinaus. Nach wenigen Minuten trat ein Feuermacher auf den Platz. Es war der verhutzelte Alte mit dem Humpelbein. Aufmerksam ließ er den Blick über die Felswand und unsere Höhlen schweifen, dann ging er über eine Rampe an die Trinkstelle und kam über eine andere Rampe wieder zurück. Wieder baute er sich mitten auf der Schneise auf und sah sich prüfend um. Dann drehte er sich auf dem Absatz herum und verschwand humpelnd im Wald, während wir uns von Höhle zu Höhle angstvolle Laute zuriefen.

16. K A P I T E L

Endlich fand ich sie dann doch – unten am Heidelbeersumpf, wo meine Mutter wohnte und wo Schlappohr und ich unser erstes Baumnest gebaut hatten. Ich hatte schon alle Hoffnung aufgegeben, als ich so wie von ungefähr unter unserm Baum stand und plötzlich aus dem Laub ihre weichen Töne vernahm. Ich sah hinauf – und da saß meine Leichtfüßige auf einem Ast, baumelte mit den Beinen vor sich hin und schaute mich an.

Ich stand wie angewurzelt. Das Herz klopfte mir vor Freude wie wild. Aber gleich mischte sich in dieses Glücksgefühl eine schmerzliche Unruhe. Ich kletterte an dem Baum hoch, um in ihrer Nähe zu sein, da rutschte sie langsam an dem Ast entlang bis auf die äußerste Spitze. Ich folgte ihr. Gerade als ich sie fassen wollte, sprang sie auf den Ast eines Nachbarbaums. Sie steckte ihr Gesicht durch das grüne Laub und stieß weiche, lockende Laute aus. Ich sprang hinterher, aber sie war schon auf dem nächsten Baum. Ich folgte ihr von Baum zu Baum und kam doch keinen Schritt weiter.

Bald mußte ich einsehen, daß es zwischen uns nicht mehr so war wie früher. Ich wollte sie besitzen, das wußte ich jetzt. Aber sie wußte es auch, und darum ließ sie mich nicht an sich herankommen. Ich hatte vergessen, daß sie nicht umsonst ›die Leichtfüßige‹ war und daß sie mich in die Kunst der Kletterei eingeweiht hatte.

Von Ast zu Ast hüpfte und tanzte und wippte sie vor mir her und warf mir über die Schulter schelmische Blicke zu, blieb mir aber immer um eine gute Armeslänge voraus. Je mehr sie sich mir entzog, um so mehr wollte ich sie haben, jedoch die langen Schatten der Abendsonne wurden Zeugen meiner Niederlage und der Sinnlosigkeit meiner Verfolgung.

In den Pausen, wenn ich Gelegenheit hatte, sie aus einem benachbarten Baum zu betrachten, fiel mir auf, daß sie sich sehr verändert hatte. Sie wirkte voller, irgendwie erwachsener. Ihre Formen waren abgerundeter, ihre Muskeln kräftiger, und sie hatte eine gewisse frauliche Reife, die mich erst recht zur Raserei brachte. Drei Jahre lang hatte ich sie nicht gesehen – vielleicht auch vier. Ja, ich glaube, sie war vier Jahre lang fort. Wo und warum, und was sie in dieser Zeit erlebt hat, das weiß ich nicht und das wird sie mir auch nie erzählen können, genausowenig, wie Schlappohr und ich dem Höhlenvolk unsere Abenteuer hatten erzählen können. Ich nehme an, daß sie wie wir auf einer Abenteuerreise war. Es ist sehr gut möglich, daß Rotauge die Ursache ihres Verschwindens war. Gewiß ist er ihr von Zeit zu Zeit in den Wäldern begegnet, und wenn er ihr nachgestellt hat, so wäre das freilich Grund genug für sie gewesen, die Gegend zu fliehen.

Die späteren Ereignisse führten mich zu der Annahme, daß sie weit in Richtung Süden vorgedrungen ist und über einen Gebirgszug das Ufer eines fernen Flusses erreichte, weit weg von ihren Artgenossen. Dort unten lebten viele Bäumler, und die mußten sie am Ende zurück zur Horde –

und zu mir – getrieben haben. Meine Gründe für diese Mutmaßung werde ich später noch erläutern.

Der Abend senkte sich. Ich verfolgte die Leichtfüßige mit stetig wachsendem Eifer – ohne Erfolg. Sie tat, als mache sie verzweifelte Anstrengungen, mich abzuschütteln. In Wirklichkeit richtete sie es aber so ein, daß sie immer nur gerade außerhalb meiner Reichweite blieb. Ich vergaß alles um mich her: die Zeit, das Einbrechen der Nacht und meine fleischfressenden Feinde. Ich war wahnsinnig vor Liebe und rasend vor Zorn, und das Merkwürdige war, daß dieser Zorn mit meiner Liebe verknüpft war.

Wie gesagt: ich war drauf und dran, den Verstand zu verlieren. Beim Überqueren einer Lichtung trat ich mit beiden Beinen in ein Schlangennest. Aber nichts hätte mich jetzt noch zurückgehalten. Ich war besessen. Mit eingezogenem Kopf rannte ich weiter. Das nächste war eine Riesenschlange. Zu jeder anderen Zeit wäre ich mit Gebrüll in den höchsten Wipfel eines Baumes geklettert. Ich sprang auch flugs auf einen Ast, doch da entschwand die Leichtfüßige meinen Blicken und ich ließ mich wieder auf den Boden fallen, um sie einzuholen. Auch die Hyäne, meine alte Feindin, nahm an der Verfolgung teil. Sie hatte an meinem Verhalten gemerkt, daß sie eine Chance hatte, mich eventuell zu verspeisen, und folgte mir schon seit einer geschlagenen Stunde. Einmal störten wir ein ganzes Rudel Wildschweine auf. Auch sie hefteten sich auf unsere Fersen. Die Leichtfüßige wagte einen riesigen Sprung von einem Baum zum nächsten. Das war mir zu weit. Ich mußte hinunter. Aber da unten warteten die Schweine! Egal! Ich

landete drei Fuß neben ihrem Anführer. Sie hetzten mich nacheinander auf zwei Bäume außerhalb der Verfolgungslinie. Wenn ich so weitermachte, würde die Leichtfüßige bald über alle Berge sein. Mit dem Mut der Verzweiflung sprang ich wieder auf den Boden und rannte denselben Weg zurück. Dabei mußte ich wieder eine Lichtung überqueren, die ganze grunzende, borstige, hauerknirschende Wildschweinhorde im Gefolge.
Wäre ich auf dieser Lichtung gestolpert, dann wäre es aus gewesen mit mir. Aber ich stolperte nicht, und wenn, wäre es mir auch egal gewesen. In meiner Verfassung hätte ich freudig dem alten Säbelzahn die Stirn geboten oder mich mit einem Dutzend schießwütiger Feuermacher eingelassen, so verrückt war ich – vor lauter Liebe.
Mit der Leichtfüßigen war es etwas anderes. Sie war sehr klug und besonnen. Echte Risiken ging sie keine ein. Wenn ich heute an diese wilde Liebesjagd zurückdenke, dann fällt mir auf, daß sie es überhaupt nicht eilig hatte, wegzukommen, als ich von den Wildschweinen gezwungen wurde, einen Umweg zu machen. Sie wartete sogar, bis ich sie wieder eingeholt hatte! Auch bestimmte sie immer ganz bewußt die Richtung ihres Fluchtwegs.
Schließlich wurde es dunkel. Die Leichtfüßige kletterte um den moosigen Vorsprung einer Bergwand, die aus den Bäumen hervorragte. Hier wurde das Unterholz fast undurchdringlich. Die Leichtfüßige wand sich geschickt und ohne Schaden zu nehmen hindurch, während ich mir arg das Fell zerkratzte. Offenbar kannte sie den Weg gut. Inmitten des Dickichts stand eine hohe Eiche. In die kletterte sie ge-

schwind hinein. Ich folgte ihr auf dem Fuße, und in der Gabelung, in dem Baumnest, das ich so lange vergeblich gesucht hatte, holte ich sie ein.

Die Hyäne hatte unsere Spur geduldig verfolgt. Jetzt setzte sie sich unter den Baum und machte hungrige Geräusche. Aber das focht uns nicht an. Wir lachten nur, und am Ende wurde es ihr zu langweilig, und sie verschwand knurrend im Dickicht.

Es war Frühling. Die Nacht war voll der mannigfaltigsten Tierlaute. Wie es um diese Jahreszeit üblich ist, kämpften die Tiere viel untereinander, und von unserem sicheren Baumnest aus hörten wir das schrille Wiehern wilder Pferde, das Trompeten der Elefanten und das Brüllen der Löwen. Aber der Mond schien milde durch die vorbeiziehenden Wolken, und die Luft war warm, und wir waren glücklich und hatten keine Angst.

Am nächsten Morgen wachten wir vom Gezänk zweier Vogelhähnchen auf, die so erbittert miteinander kämpften, daß ich ihnen mühelos die Hälse umdrehen konnte. Auf diese Weise kamen die Leichtfüßige und ich an unser Hochzeitsfrühstück. Es schmeckte herrlich. Im Frühling war es so leicht, Vögel zu fangen. Eines Nachts sahen die Leichtfüßige und ich vom Nest aus zu, wie zwei Elche im Mondschein miteinander kämpften. Ein Löwenpaar schlich sich unbemerkt an sie heran und zerriß sie mitten im Gefecht. Hier im Baumnest der Leichtfüßigen ließ es sich gut leben, und wir hätten es wohl nie mehr verlassen, wenn nicht eines Tages der Blitz darin eingeschlagen hätte. Zum Glück waren wir gerade auf Nahrungssuche, doch als wir nach

Hause kamen, waren die Hauptäste gespalten, und das Nest war völlig demoliert.
Ich machte mich sofort an die Arbeit, ein neues zu bauen, aber die Leichtfüßige wollte nichts davon wissen. Sie hatte große Angst vor dem Blitz und war nicht dazu zu bewegen, wieder in einem Baum zu wohnen. So kam es, daß wir kurz nach unseren Flitterwochen ins Höhlendorf zurückkehrten. Und so wie Schlappohr mich nach seiner Heirat hinausgesetzt hatte, so machte ich es nun mit ihm. Die Leichtfüßige und ich ließen uns häuslich in unserer Höhle nieder, und er mußte im Verbindungsgang der Doppelhöhle schlafen.
Mit unserer Ankunft im Höhlendorf begann das Unglück. Rotauge hatte seit der Singenden noch viele Ehefrauen gehabt. Sie waren den Weg allen Fleisches gegangen. Zur Zeit hatte er gerade ein unscheinbares Mäuschen, das ununterbrochen flennte und greinte, ob er sie nun verprügelte oder nicht. Ihr Ableben war nur noch eine Sache der Zeit. Kurzer Zeit. Aber das wartete Rotauge nicht ab. Er hatte ein Auge auf die Leichtfüßige geworfen, und kaum hatte er seine Frau ins Jenseits befördert, da ging die Verfolgung los.
Sie konnte froh sein, daß sie ihren Namen nicht zu Unrecht trug. Sie besaß eine wirklich erstaunliche Behendigkeit, wenn es galt, durch die Bäume zu entfliehen. Sie brauchte aber auch all ihre Klugheit und Beherztheit, den Klauen Rotauges zu entgehen. Ich konnte ihr dabei leider gar nicht helfen. Er war so ein Ausbund an Kraft und Brutalität, daß er mich bequem hätte in Stücke reißen können. So ganz

ungeschoren kam ich dann auch nicht davon. Aber alles schön der Reihe nach.

Die Leichtfüßige war krank geworden. Ich nehme an, daß es wieder ein leichter Anfall von Malaria war, die uns ab und zu heimsuchte, jedenfalls war sie stumpf und träge. Ihre Muskeln hatten nicht die übliche Spannkraft. Für eine Flucht vor Rotauge war sie in einem denkbar schlechten Zustand, als er sie eines Morgens mehrere Meilen südlich vom Höhlendorf in der Nähe des Hundebaus in die Enge trieb.

Zu jeder anderen Zeit hätte sie mit Leichtigkeit einen Haken um ihn geschlagen und wäre in den Schutz unserer Höhle geflohen. Aber an diesem Tag war sie zu schwerfällig. Bei jedem neuen Versuch blockte er sie ab. Schließlich gab sie es auf und konzentrierte sich ganz darauf, ihm wenigstens nicht sofort in die Klauen zu geraten.

Wäre sie nicht krank gewesen, so hätte sie sich einen Spaß daraus gemacht, ihn zum Narren zu halten. So aber bedurfte es all ihrer List und Umsicht. Es war von großem Vorteil für sie, daß sie auch von dünneren Ästen getragen wurde und weiter springen konnte als er. Außerdem konnte sie mit schlafwandlerischer Sicherheit Entfernungen abschätzen und wußte instinktiv, ob ein dünner oder morscher Ast sie tragen konnte oder nicht.

Weder Ende noch Ausgang dieser Verfolgung waren abzusehen. Vorwärts und rückwärts und im Kreise herum, kreuz und quer durch den Wald ging die Jagd. Die Dörfler waren in heller Aufregung. Sie erhoben ein wildes Wutgeschrei, das am lautesten war, wenn Rotauge am weitesten entfernt war, und merklich leiser wurde, wenn er sich näherte. Die Weiber kreischten und zeterten voller Empörung, während die Männer sich mit den Fäusten gegen die Brust schlugen. Aber sie alle waren machtlos. Mondgesicht war besonders aufgebracht, und wenn er sein Protestgeschrei auch dämpfte, sobald Rotauge näher kam, so war er immer noch deutlicher zu hören als die anderen.

Was mich betrifft, muß ich zugeben, daß ich mich nicht durch besondere Tapferkeit hervortat. Ich weiß – ich bin alles andere als ein Held. Was hätte es auch genützt, mich Rotauge entgegenzustellen? Er war ein Ungeheuer von bodenloser Grausamkeit und Riesenkräften. Es wäre Wahnsinn gewesen, mich mit ihm messen zu wollen. Er hätte mich kurzerhand abgemurkst, und keinem wäre geholfen gewesen. So sah ich also tatenlos und in ohnmächtiger Wut zu und paßte auf, daß ich ihm nicht in die Quere kam, und wenn er in meine Hörweite kam, dämpfte ich auch mein Geschrei.

Die Stunden schleppten sich dahin. Es war schon spät am Nachmittag, und die Jagd ging unerbittlich weiter. Rotauge hatte sich offenbar fest vorgenommen, die Leichtfüßige so lange durch den Wald zu jagen, bis sie vor Erschöpfung zusammenbrach. Und es schien ihm zu gelingen. Sie war fast am Ende ihrer Kräfte. Immer öfter blieb sie auf den dünnsten Astspitzen hocken, um einen Augenblick zu verschnaufen. Aber Rotauges Bosheit war teuflisch. Da er ihr dorthin nicht folgen konnte, schüttelte er sie einfach herunter. Mit seinem ganzen Gewicht hing er sich an ihren Ast und schüttelte ihn so lange, bis sie herunterpurzelte wie ein fauler Apfel. Beim ersten Mal blieb sie zum Glück in den untersten Zweigen hängen. Das nächste Mal fiel sie zu Boden, aber das Laubwerk dämpfte ihren Aufprall. Wieder das nächste Mal rüttelte und schüttelte er so heftig an ihrem Ast, daß sie in hohem Bogen in den Nachbarbaum flog. Es war phantastisch, mit welcher Geistesgegenwart sie im Flug einen Ast ergriff und sich rettete. Nun begab sie sich nur noch im äußersten Notfall in den – allzu kurzfristigen – Schutz der Astspitzen. Aber sie war inzwischen so matt, daß sie ihm anders nicht mehr entgehen konnte, und immer häufiger war sie gezwungen, ihre Zuflucht zu ihnen zu nehmen.

Und weiter ging die Jagd, und mit unverminderter Lautstärke setzten die Dörfler ihr Heulen und Zähneknirschen fort. Dann kam das Ende. Es fing schon an zu dämmern. Zitternd vor Erschöpfung und nach Atem ringend klammerte die Leichtfüßige sich mit letzter Kraft an einen dünnen Ast etwa dreißig Fuß hoch, unter ihr nichts, das einen Fall hätte auffangen oder dämpfen können. Rotauge saß auf dem Ast gleich darunter und schwang sich vor und zurück, höher und immer höher. Plötzlich hielt er mitten im Schwung inne und schaukelte sich in umgekehrter Richtung weiter. Die Leichtfüßige verlor den Halt, und laut schreiend ward sie zu Boden geschleudert. Noch im Fallen richtete sie sich gerade auf, so daß sie auf den Füßen landete. Normalerweise hätten ihre elastischen Muskeln den Aufprall federnd abgefangen. Aber sie war zu erschöpft. Die Beine knickten unter ihr ein, und sie sank keuchend zu Boden.

Rotauge stürzte sich auf sie, packte sie beim Schopf und

wickelte sich ihre langen Haare um seine knorrigen Pranken. Triumphierend richtete er sich auf und zeigte der Horde sein Opfer. Die beobachtete die Szene in furchtsamem Schweigen von den umstehenden Bäumen aus. Da drehte ich durch. Ich ließ alle Vernunft fahren. Vergessen war der Wille, zu überleben. Ich nahm einen Anlauf und sprang Rotauge von hinten ins Kreuz. Darauf war er nicht vorbereitet. Er ging in die Knie. Ich schlang meine Arme und Beine um ihn und versuchte, ihn niederzuhalten. Das wäre ganz unmöglich gewesen, wenn er nicht mit einer Hand die Leichtfüßige an der Mähne gepackt hätte.

Angespornt durch meine Heldentat kam Mondgesicht mir unverhofft zur Hilfe. Er versenkte seine Zähne in Rotauges Arm und zerkratzte ihm das Gesicht. Dies wäre der Augenblick für die anderen gewesen, uns beizuspringen und Rotauge ein für allemal schadlos zu machen. Aber ängstlich blieben sie in ihren Bäumen hocken und wagten sich nicht heraus.

Es war unvermeidlich, daß Rotauge im Kampf gegen uns beide als Sieger hervorging, und wenn er uns nicht gleich erledigte, dann nur, weil die Leichtfüßige ihn in seinen Bewegungen behinderte. Sie war inzwischen wieder zu Atem gekommen und fing an, Widerstand zu leisten. Nicht bereit, sie loszulassen, hatte er nur einen Arm frei. Mit diesem Arm packte er mich jetzt an der Schulter und zog mich Zentimeter um Zentimeter zu sich herunter. Das war der Anfang vom Ende. Sein Mund war schon geöffnet. Mit einem teuflischen Grinsen setzte er die Zähne an meinen Hals. Die scharfen Spitzen senkten sich schon in mein Fleisch –

da landete ein schwerer, warmer Leib auf uns. Mondgesicht stieß einen durchdringenden Schrei aus. Unser Knäuel wurde gewaltsam auseinandergerissen. Wir rollten in alle vier Richtungen auseinander. Ich roch Tiger. Als ich in den nächsten Baum sprang, sah ich gerade noch ein Stückchen gestreiftes Fell.

Es war der alte Säbelzahn. Durch den Lärm in seiner Höhle aufgestört, hatte er sich unbemerkt an uns herangeschlichen. Die Leichtfüßige hatte sich in den Baum gleich neben meinem gerettet, und mit einem Satz war ich bei ihr. Tröstend nahm ich sie in meine Arme, und sie schmiegte sich leise weinend an mich. Unter uns hörten wir es knirschen und knacken. Es waren Mondgesichts Knochen. Säbelzahn verzehrte ihn mit sichtlichem Appetit zum Abendessen.

Aus einem anderen Baum spähte Rotauge mit rotentzündeten Augen auf die greuliche Szene hinunter. Hier war ein Ungeheuer, vor dem selbst er Respekt hatte.

Die Leichtfüßige und ich wendeten uns ab und kletterten gemächlich durch die Bäume nach Hause, während die Horde von den Baumkronen aus Schmähungen und Zweige und Äste auf ihren ältesten Feind hinabregnen ließ. Der schlug nur mit dem Schwanz um sich und fauchte bösartig, ließ sich aber seine Mahlzeit nicht verderben.

Wir waren gerettet – der reinste Zufall. Ohne Säbelzahn wäre ich in Rotauges Krallen gestorben, und es gäbe niemanden, der hunderttausend Jahre später – in einem Zeitalter, in dem die Menschen Zeitung lesen und Straßenbahn fahren – von meinen Erlebnissen und Abenteuern träumt und sie als Geschichte niederschreibt.

17. K A P I T E L

Es geschah im Frühherbst des darauffolgenden Jahres. Da es Rotauge nicht gelungen war, die Leichtfüßige zur Frau zu bekommen, hatte er sich eine andere genommen. Erstaunlicherweise war sie noch am Leben. Was noch verwunderlicher war: sie hatte ein Kind bekommen – Rotauges erstes Kind. Seine früheren Frauen waren nie lange genug am Leben geblieben, um ihm Kinder zu gebären.

Es war für uns alle ein gutes Jahr gewesen. Das Wetter war ungewöhnlich mild und die Nahrung reichlich. Die weißen Rüben schmeckten in diesem Jahr besonders gut, aber auch die Pflaumen waren größer und süßer als sonst, und Nüsse gab es in Hülle und Fülle.

Kurz: es war eins der fetten Jahre. Und dann, an einem grauen, kalten Morgen, wurden wir in unseren Höhlen aus dem Schlaf gerissen, die meisten von uns zum letzten Mal. Die Leichtfüßige und ich wachten von einem Höllenlärm auf. Unsere Höhle war die höchste an der Felswand. Wir krochen vorsichtig an die Öffnung und spähten hinunter. Auf dem Platz wimmelte es von Feuermachern. Ihre gellenden Schreie mischten sich in das Gezeter der Dörfler, aber während sie methodisch vorgingen, rannten die Dörfler konfus durcheinander, jeder um seine eigene Haut zu retten. Keiner von uns ahnte das Ausmaß der Katastrophe, die über uns hereinbrechen sollte.

Bis wir auf die Idee kamen, sie mit Steinen zu bewerfen,

hatten die Feuermacher sich schon in Massen am Fuße der Felswand zusammengerottet. Unser erster Steinhagel zerschmetterte jedoch einige Köpfe, denn als sie zurückwichen, blieben drei von ihnen röchelnd und wild um sich schlagend liegen. Einer wollte wegkriechen, aber wir gaben ihnen den Rest. Inzwischen hatten wir uns nämlich in die nötige Rage gearbeitet und ließen es auf die drei Steine regnen. Einige der Feuermacher kamen zurück und wollten sie in Sicherheit bringen, aber unsere Geschosse trieben die Retter zurück.

Die Feuermacher waren außer sich vor Wut. Aber sie waren auch vorsichtig geworden. Sie hielten sich von nun an in sicherer Entfernung und schossen ganze Schwärme von Pfeilen in unsere Reichtung. Das setzte unserem Steinbombardement vorerst ein Ende. Ein halbes Dutzend Dörfler waren schon tot, zwanzig verletzt, und wir anderen zogen uns in unsere Höhlen zurück.

Ich war hoch oben in meiner luftigen Höhle nicht außerhalb aller Gefahr, aber doch zu weit entfernt, als daß es sich gelohnt hätte, viele Pfeile an mich zu verschwenden. Außerdem war ich schrecklich neugierig. Ich wollte sehen, was passierte. Von meinem Höhleneingang beobachtete ich alles, während die Leichtfüßige zitternd vor Angst im hintersten Winkel der Höhle kauerte und leise wimmerte, weil ich nicht hereinkommen wollte.

Die Angriffe kamen nun stoßweise. Der Krieg war an einem toten Punkt angelangt. Wir rührten uns nicht aus unseren Höhlen, und die Feuermacher wagten es nicht, uns hineinzufolgen. Ab und zu näherte sich einer von ihnen der Felswand, und einer von uns sprang hervor und schleuderte einen Stein hinunter. Dafür wurde er dann von einem Dutzend Pfeile durchbohrt. So ging das eine Weile, bis wir uns nicht mehr von ihnen hinauslocken ließen. Ein absoluter Waffenstillstand war eingetreten.

Im Hintergrund sah ich den humpelnden Alten, der alles unter seinem Kommando zu haben schien. Er gab den anderen Befehle, und sie liefen auf seinen Wink hierhin und dorthin. Einige Feuermacher verschwanden im Wald und kehrten mit schweren Bündeln von trockenem Holz, Reisig, Laub und Gras zurück, die sie vor den Eingängen der untersten Höhlenreihe aufhäuften, während die anderen mit gezücktem Pfeil und Bogen dabeistanden. Und dann zauberten sie aus diesen trockenen Reisighaufen den Dämon hervor, den wir so fürchteten: *Feuer*. Zuerst kräuselten sich nur zarte Rauchwölkchen an der Felswand hoch, dann leckten rote Zungen über das Holz und zuckten wie kleine Schlangen in dem Reisig hin und her. Aber bald wurde der Rauch immer dicker. Zeitweise war die ganze Wand in dichte weiße Wolken eingehüllt. Da ich hoch oben über allem thronte, konnte der Rauch mir nicht viel anhaben. Er brannte mir nur ein bißchen in den Augen, und ich rieb sie mir mit den Fingerknöcheln.

Der erste, der ausgeräuchert wurde, war der alte Markbein. Ein leichter Windstoß blies den Rauch ein wenig zur Seite, daher konnte ich sehen, wie er sich aus seiner Höhle tastete. Er trat auf eine glühende Kohle gleich vor dem Eingang und schrie erbärmlich auf. Dann versuchte er, an der Felswand hochzuklettern. Die Pfeile umschwirrten ihn nur so von allen Seiten. Auf einem Felsvorsprung hielt er keuchend und schnaufend inne. An eine Felsspitze geklammert, schwankte er vor und zurück. Er war gespickt mit einem Dutzend Pfeilen. Kläglich wimmernd schwankte er vor und zurück, vor und zurück. Er war ein alter Mann, aber er wollte noch nicht sterben. Die Knie gaben unter ihm nach, er sackte in sich zusammen und stürzte hinterrücks zu Boden. Seine morschen Knochen mußten sämtlich gebrochen sein. Stöhnend richtete er sich noch einmal auf, aber ein Feuermacher war schon zur Stelle und schlug ihm mit einer Keule den Schädel ein.

Und so erging es vielen von uns. Halb erstickt, unfähig, den Rauch länger einzuatmen, stolperten sie aus ihren Höhlen, nur um von einem Schwarm von Pfeilen niedergemäht zu werden, Manche, besonders die Frauen und Kinder, blieben lieber in ihren Höhlen und erstickten, aber die Mehrzahl fand den Tod bei der Flucht.

Als die Feuermacher auf diese Weise die erste Höhlenreihe ausgeräuchert hatten, wiederholten sie die Operation auf dem ›zweiten Rang‹. Noch während sie mit ihrem Gras und Reisig hinaufkletterten, ergriff Rotauge die Flucht, gefolgt von Frau und Kind, das sich ängstlich an seine Mutter klammerte.

Die Feuermacher mußten davon ausgegangen sein, daß wir zwischen den einzelnen Ausräucherungsaktionen in unseren Höhlen bleiben würden, daher waren sie unvorbereitet und ihre Pfeile kamen erst geflogen, als die Rotauges schon fast die Spitze der Felswand erreicht hatten. Oben angelangt, drehte Rotauge sich noch einmal um und mach-

te seine üblichen Mätzchen. Die Feuermacher spannten ihre Bögen, doch unversehrt setzte er seine Flucht fort.
Ich mußte mitansehen, wie auch die dritte und vierte Höhlenreihe ausgeräuchert wurde. Ein paar Dörfler konnten über die Felswand entkommen, aber die meisten wurden im Klettern abgeschossen, wie zum Beispiel Langlippe. Mit jämmerlichem Wehgeschrei kraxelte er an der Wand hoch, denn ein Pfeil war ihm mitten durch den Leib gegangen: vorne ragte ihm die Spitze aus der Brust und hinten aus dem Rücken der gefiederte Schaft. Auf dem Vorsprung gleich vor meiner Höhle quoll ihm das Blut aus dem Mund und er sank zu Boden.
Kurz danach leerten sich die oberen Höhlenreihen rapide. Fast alle Dörfler, die noch nicht ausgeräuchert waren, flohen in panischer Angst, alle gleichzeitig, die Wand hinauf. Und das war für viele die Rettung, denn so schnell konnten die Feuermacher gar nicht schießen. Der Himmel war schwarz von Pfeilen, und die Dörfler fielen zu Dutzenden, doch einige erreichten heil den Gipfel und entkamen.
Inzwischen hatte mein Überlebenswille die Oberhand über meine Neugier gewonnen. Die Feuermacher hatten das Schießen eingestellt. Die letzten Dörfler waren geflüchtet, oder vielleicht hielten sich noch einige in den obersten Höhlen versteckt. Der Augenblick war günstig. Die Leichtfüßige und ich flitzten aus der Höhle und die Wand hinauf. Bei unserem Erscheinen ging ein Aufschrei durch die Feuermacher. Der galt aber nicht mir, sondern der Leichtfüßigen. Aufgeregt schwatzten sie alle durcheinander und zeigten immer wieder mit dem Finger auf sie, ohne auch nur

die geringsten Anstalten zu machen, auf uns zu schießen. Es ging kein einziger Pfeil los! Im Gegenteil. Sie riefen ihr schmeichelnde Laute zu, als wollten sie die Leichtfüßige zu sich locken. Ich hielt im Klettern inne und drehte mich um, aber sie hatte Angst und wimmerte und drängte vorwärts. Oben angekommen, stiegen wir unverzüglich in die Bäume.

Ich habe mir später oft Gedanken darüber gemacht, was diese Szene zu bedeuten hatte. Wenn die Leichtfüßige wirklich aus dem Volk der Feuermacher stammte, dann mußte sie schon als kleines Kind verlorengegangen sein, sonst hätte sie ja keine Angst vor ihnen gehabt. Es ist aber auch möglich, daß sie im Urwald geboren war, fern von den Lagerstätten des Feuervolks. Vielleicht war ihr Vater ein abtrünniger Feuermacher, und ihre Mutter stammte aus meinem Volk. Wer kann das wissen? Mir jedenfalls ist das alles rätselhaft, und die Leichtfüßige wußte auch nicht mehr als ich.

Dieser Tag war ein Tag des Schreckens. Die meisten der Überlebenden flohen in Richtung Heidelbeersumpf und suchten Zuflucht im benachbarten Wald. Aber die Feuermacher durchstreiften in Grüppchen den Wald und schossen uns ab, wo sie uns gerade fanden. Es muß ein gründlich ausgearbeiteter Plan gewesen sein, von langer Hand vorbereitet. Ihr eigenes Territorium war zu klein für die ständig anwachsende Bevölkerungszahl geworden, und da hatten sie sich entschlossen, unser Gebiet zu erobern. Es war ein Entschluß, der für uns verheerende Folgen hatte! Wir waren machtlos gegen sie. Es war ein grausames Ge-

metzel, ein reines Blutbad. Sie verschonten keinen, ohne Unterschied töteten sie Kinder und Alte und säuberten das Gelände von unserem Volk.

Für uns war es das Ende der Welt. Die Bäume waren unsere letzte Zuflucht, doch selbst hier waren wir nicht mehr sicher. Eine Familie nach der anderen wurde umzingelt und vernichtet. Wir mußten an diesem Tag viel Leid mitansehen. Die Leichtfüßige und ich blieben nie lange genug in einem Baum sitzen, um ein lohnendes Ziel für die Pfeile der Feuermacher zu sein, doch bald wußten auch wir nicht mehr, wo wir uns noch verbergen sollten. Überall wimmelte es von Feuermachern, die fieberhaft an ihrem Zerstörungswerk arbeiteten. Wohin wir uns auch wendeten – Feuermacher überall!

Was aus meiner Mutter wurde, weiß ich nicht. Ich sah nur, wie der Schwätzer aus unserem alten Heimatbaum geschossen wurde, und ich muß gestehen, daß ich mir einen kleinen Freudentanz nicht verkneifen konnte.

Bevor ich diesen Teil meiner Erzählung abschließe, will ich aber noch berichten, wie es Rotauge erging. Unten am Heidelbeersumpf fingen sie ihn mit Frau und Kind in einem Baum. Die Leichtfüßige und ich hielten gerade lange genug in unserer Flucht inne, um es zu beobachten. Die Feuermacher waren von ihrem blutigen Geschäft so in Anspruch genommen, daß sie uns nicht bemerkten. Außerdem bot das Gestrüpp, in dem wir hockten, ein ausgezeichnetes Versteck.

Mindestens zwanzig Feuermacher umringten den Baum und schossen in die Krone. Jeden Pfeil, der zu Boden fiel, hoben sie wieder auf. Ich konnte Rotauge nicht sehen, aber hören konnte ich ihn! Doch nach einiger Zeit wurde sein Gebrüll gedämpfter. Er mußte in eine hohle Stelle im Baumstamm gekrochen sein. Offenbar hatte er aber seiner Frau nicht den Vortritt gelassen, denn sie fiel von einem Pfeil getroffen zu Boden. Sie war schwer verletzt, jedenfalls lag sie reglos da und machte keinen Versuch, zu fliehen. Schützend beugte sie sich über das Kind, das sich noch immer verzweifelt an sie klammerte, und machte flehende Laute zu den Feuermachern hinüber. Die traten näher und lachten sie aus, genauso, wie Schlappohr und ich damals den alten Bäumler ausgelacht hatten, und genauso, wie wir ihn gequält hatten, so quälten sie jetzt Rotauges Frau. Sie pieksten sie mit Zweig- und Astspitzen und stießen sie mit ihren Bogen in die Rippen. Aber Spaß macht so etwas nur, wenn das Opfer wütend wird und sich wehrt. Sie beugte sich nur über das Kind und stieß flehende Laute aus. Da trat einer der Feuermacher dicht an sie heran. In der Hand hielt er eine Keule. Sie sah zu ihm auf und wußte sofort, was er vorhatte. Bittend brabbelte sie ihn an, bis der tödliche Schlag fiel.

Rotauge indessen war in seinem hohlen Stamm sicher vor ihren Pfeilen. Sie standen noch eine Weile beieinander und berieten sich, dann kletterte einer von ihnen in den Baum. Was sich da oben abspielte, konnte ich nicht sehen, aber ich hörte, wie er gellend aufschrie. Die anderen scharten sich heftig gestikulierend um den Baum, kurz darauf kam ihr Kamerad krachend durchs Geäst geflogen. Unten blieb er leblos liegen. Sie drehten ihn auf den Rücken, aber der Kopf fiel lose zurück. Rotauge hatte ihm den Garaus gemacht.

Die Feuermacher waren sehr aufgebracht. Sie sammelten Holz und trockenes Gras und machten ein Feuer an einer Öffnung am Fuße des Baumes. Die Leichtfüßige und ich schmiegten uns fest aneinander und sahen von unserem Versteck aus gespannt zu. Ab und zu warfen sie grüne Zweige auf das Feuer, dann quoll der Rauch besonders dick auf.

Plötzlich machten sie einen Satz rückwärts. Aber sie waren nicht schnell genug. Rotauges massiger Leib flog durch die Luft und landete mitten unter ihnen. Er raste. Wie ein Irrsinniger ruderte er mit seinen langen Armen und Beinen durch die Luft. Einem der Feuermacher riß er förmlich das Gesicht vom Kopf, einem anderen biß er den Hals durch. Die Feuermacher wichen taumelnd zurück, dann stürzten sie sich mit vereinten Kräften auf ihn. Er kriegte eine Keule zu fassen und zertrümmerte einen Schädel nach dem anderen, als seien es Eierschalen. Das war zuviel für sie. Sie stoben auseinander. Dies war Rotauges Gelegenheit, zu entkommen. Mit mörderischem Gebrüll machte er sich aus dem Staube. Ein paar Pfeile flogen ihm noch hinterher, aber er war schon im Gestrüpp verschwunden.

Die Leichtfüßige und ich stahlen uns davon. Dabei liefen wir einem anderen Trupp Feuermacher direkt in die Arme. Sie stellten uns in den Heidelbeersumpf nach, aber wir kannten die Baumwege durch das tiefere Moorland, wo sie uns auf dem Boden nicht mehr folgen konnten. Auf der anderen Seite kamen wir an einem schmalen Waldstreifen heraus, der den Heidelbeersumpf vom Großen Sumpf trennt. Und hier stießen wir auf Schlappohr. Wie es ihm gelungen ist, sich zu retten, kann ich mir nicht vorstellen, es sei denn, er hatte die letzte Nacht nicht in der Doppelhöhle geschlafen.

Hier in diesem geschützten Stück Wald wollten wir uns nun niederlassen und Baumnester bauen. Aber die Feuermacher führten ihr Vernichtungswerk mit äußerster Sorgfalt aus. Am Nachmittag brachen plötzlich Haargesicht und seine Frau aus den Bäumen und schwangen sich grußlos und in aller Eile an uns vorbei in Richtung Osten. In ihren Gesichtern malte sich Angst und Grauen. Aus der Richtung, aus der sie kamen, hörten wir die Rufe der Feuermacher und die Schreie einiger Dörfler. Unsere Verfolger hatten also doch einen Weg durch den Sumpf gefunden. Die Leichtfüßige, Schlappohr und ich folgten im Kielwasser von Haargesicht und Frau. Am Rande des Großen Sumpfs machten wir halt. Wir kannten das Gebiet und seine Wege nicht. Es lag außerhalb unseres Territoriums und war von uns Dörflern immer schon gemieden worden. Keiner von uns war jemals im Großen Sumpf gewesen – jedenfalls war er nicht daraus zurückgekehrt. In unserer Phantasie verband sich damit etwas Unheimliches, Grauenhaftes. Das unbekannte Land des Todes. Wie gesagt, wir blieben am Rande stehen. Wir fürchteten uns. Die Rufe der Feuermacher kamen immer näher. Wir wechselten bedeutungsvolle Blicke. Einer mußte den Anfang machen. Haargesicht lief etwa zehn Meter weit hinaus in den weichen Schlamm, der mit schmatzendem Geräusch unter seinen Füßen nachgab. Er sprang auf ein Grasbüschel, das ihm fürs erste einen Halt bot. Seine Frau zögerte. Sie nahm einen kurzen Anlauf, wich aber im letzten Moment vor dem trügerischen Morast zurück und kauerte sich am Rand hin.

Die Leichtfüßige wartete erst gar nicht auf mich. Mit langen Sätzen flog sie an Haargesicht vorbei hundert Meter weit in den Sumpf und blieb auf einer großen Grasinsel stehen. Schlappohr und ich folgten ihr, und kaum hatten wir sie eingeholt, als die Feuermacher auch schon zwischen den Baumstämmen auftauchten. Haargesichts Frau stürzte uns in blinder Panik nach, aber da sie sich nicht vorsah, brach die dünne Kruste unter ihr ein, und wir mußten zusehen, wie sie von zahllosen Pfeilen durchbohrt im Schlamm versank .Die Pfeile regneten nun auch auf uns nieder. Haargesicht hatte uns inzwischen eingeholt, und gemeinsam flohen wir, ohne zu wissen wohin, tiefer und tiefer in den Sumpf hinein.

18. K A P I T E L

Von unseren Wanderungen durch den Großen Sumpf ist nicht viel in meinem Gedächtnis haftengeblieben. Meine Erinnerungen sind ein Wust verworrener Eindrücke. Außerdem habe ich jedes Gefühl für die Zeitspanne verloren, in der sich dieses Abenteuer begab. Ich habe keine Ahnung, wie lange wir in dieser sumpfigen Steppe umhergeirrt sind. Etliche Wochen müssen es schon gewesen sein. Meine Träume aus dieser Zeit sind jedenfalls lauter Alpträume. Mir scheint, als habe ich mich beklommenen Herzens endlose Zeiten durch eine feuchte, schlammige Einöde geschleppt, von allen Seiten bedroht von giftigen Schlangen und brüllenden Raubtieren, und unter meinen Füßen nichts als quatschender Lehm, der mir bei jedem Schritt an den Fersen zog.
Unzählige Male wurden wir durch Bäche und Seen und schleimige Tümpel vom geraden Weg abgebracht. Große Gebiete der Niederungen wurden von Unwetter und Hochwasser heimgesucht, und wir mußten tagelang in den Bäumen hocken bleiben und Hunger leiden.
Ein Bild ist mir noch deutlich in Erinnerung geblieben: Wir sind von hohen Bäumen umgeben, aus deren Ästen graue Moosfasern hängen. Schlingpflanzen, dick wie Riesenschlangen, winden sich um die Stämme und strecken sich in grotesken Verdrehungen in die Luft. Um uns her ist nichts als Schlamm und Morast, weicher Morast, aus dem Gase und

Blasen aufsteigen und der sich vor innerem Aufruhr ächzend unter uns hebt. Und inmitten dieser gespenstischen Landschaft dicht aneinandergedrängt wir zwölf Überlebenden der Horde. Wir sind mager und elend, nichts als Haut und Knochen. Das Singen und Schwatzen und Lachen und Possentreiben ist uns vergangen. Unsere gute Laune und unser Übermut hat uns im Stich gelassen. Wir stoßen klägliche, mißmutige Laute aus. Es ist wie die Versammlung einer Handvoll Überlebender nach dem Weltuntergang. Dieses Bild steht in keinem Zusammenhang mit den anderen Erlebnissen im Großen Sumpf. Wie es uns gelungen ist, ihn zu durchqueren, wird mir ewig ein Rätsel bleiben. Ich weiß nur noch, daß wir am Fuße einer niedrigen Hügelkette ankamen, die sich bis hinunter zum Flußufer erstreckte. Es war unser Fluß, der an dieser Stelle aus dem Großen Sumpf hervortrat. An seinem südlichen Ufer fanden wir viele Sandsteinhöhlen. Jenseits, von Westen her, hörte man das rhythmische Rauschen des Ozeans. Und hier, in diesen Höhlen, ließen wir uns wieder einmal häuslich nieder.

Im Laufe der Zeit stießen immer wieder mal andere Dörfler zu uns. Mehr tot als lebendig schleppten sie sich einzeln, zu zweit oder zu dritt durch die letzten Meter Sumpf und brachen, fast zum Skelett abgemagert, vor unseren Augen zusammen. Nun waren wir zu dreißig. Rotauge war nicht unter uns. Es war auffallend, daß keine Kinder die schreckliche Flucht überstanden hatten.

Ich will nicht alle Einzelheiten aus den Jahren erzählen, die wir am Meer lebten. Es war keine glückliche Zeit. Die

Luft war kalt und rauh, und wir litten ständig unter Erkältungen. In einer solchen Umgebung konnten wir nicht gedeihen. Gewiß, wir hatten Kinder, aber ihre Lebensspanne war kurz bemessen. Die meisten starben früh. Und es starben mehr Erwachsene, als Kinder geboren wurden. Wir wurden ständig weniger.
Auch die radikale Kostveränderung trug nicht gerade zu unserem Wohlbefinden bei. Gemüse und Obst bekamen wir hier kaum. Dafür wurden in stürmischem Wetter allerlei Arten von Fisch und Meerestieren an Land geworfen: Miesmuscheln, Mollusken, Sandmuscheln, Austern und große Meerkrabben. Wir fanden auch mehrere Arten von Seetang, der uns sehr gut schmeckte. Aber die ungewohnte Nahrung verursachte uns die verschiedensten Magenbeschwerden und Verdauungsstörungen. Jedenfalls wurde in dieser Zeit keiner von uns fett und rund. Wir sahen alle ein wenig käsig aus, als hätten wir chronische Verstopfung.
Es war bei einem unserer Streifzüge auf Meerestiere, daß wir Schlappohr einbüßten. Er klemmte sich den Finger in einer Molluske ein. Dann kam die Flut und er ertrank. Am nächsten Tag fanden wir seine Leiche. Wieder hatten wir eine Lektion gelernt! Nie mehr steckte einer seinen Finger in eine Molluske.
Die Leichtfüßige und ich bekamen ein Kind, einen Jungen, und gemeinsam zogen wir ihn auf, wenigstens ein paar Jahre lang. Aber ich bin ganz sicher, daß er das strenge Klima niemals überlebt hätte.
Und dann, eines schönen Tages, tauchten die Feuermacher wieder auf. Sie kamen auf dem Fluß geschwommen, aber

nicht auf einem Floß, sondern auf einem primitiven Kahn. Drei saßen darin und ruderten. Einer davon war das verhutzelte Männlein. Sie landeten an unserem Strand. Er humpelte durch den Sand und betrachtete prüfend unsere Höhlen.

Wenige Minuten später fuhren sie weiter, aber die Leichtfüßige war außer sich vor Angst. Wir fürchteten uns alle, aber keiner so sehr wie sie. Die ganze Nacht hindurch wimmerte und weinte sie und warf sich unruhig hin und her. Am nächsten Morgen nahm sie den Jungen in die Arme, und mit spitzen Schreien und hektischen Gesten und indem sie mir mit ihrem Beispiel voranging, veranlaßte sie mich, zum zweiten Mal mit ihr zu fliehen. Die anderen von unserer Horde, es waren jetzt nur noch acht, blieben alle in ihren Höhlen zurück. Für sie gab es keine Hoffnung mehr. Selbst wenn die Feuermacher nicht wiederkamen, mußten sie bald zugrunde gehen. Das Meeresklima war eben sehr schädlich für unser Volk. Wir waren an solche Lebensbedingungen nicht gewöhnt.

Tagelang hielten wir uns in Richtung Süden, immer am Rande des Großen Sumpfs entlang. Nie taten wir auch nur einen Schritt ins Innere. Einmal gerieten wir über eine Bergkette wieder etwas westlicher zur Küste hin. Aber es war kein Ort für uns. Einmal, weil es hier keine Bäume gab, nur kahles Ödland und brausende Wogen, und zum andern, weil ein ständiger bitterkalter Wind blies. Wir kehrten um, überquerten das Gebirge und machten einen großen ostsüdlichen Bogen, bis wir wieder am Rande des Großen Sumpfs ankamen.

Bald waren wir am südlichen Ende des Sumpfs und hielten Kurs auf Südosten. Nun kamen wir durch liebliche Gegenden. Die Luft war warm, und wir waren wieder im Wald. Später überquerten wir eine sanfte Hügelkette. Jenseits fanden wir noch besseres Waldgelände. Je weiter wir uns von der Küste entfernten, um so wärmer wurde es. Weiter und weiter ging es, bis wir an einen breiten Fluß kamen, der der Leichtfüßigen irgendwie vertraut zu sein schien. Wahrscheinlich war sie während ihrer vierjährigen Abwesenheit von der Horde hier vorbeigekommen. Auf Baumstämmen überquerten wir den Fluß und landeten am Fuße einer hohen Felswand. Und dort, hoch oben in der höchsten Höhle, fanden wir ein neues Heim. Es war sehr schwer zu erreichen und von unten gar nicht zu sehen.

Und damit ist meine Geschichte zu Ende. Hier lebten die Leichtfüßige und ich fortan, und hier zogen wir unsere Kinder groß. Hier enden meine Erinnerungen, meine Träume. Danach kam nichts mehr.

Und daher bin ich der Überzeugung, daß hier unser Kind geboren wurde, das den Stoff für meine Träume geerbt hat und in dessen Wesenskern sich alle meine Eindrücke tief eingeprägt haben. Oder vielmehr – die Eindrücke Großzahns, meines anderen Ichs, das mir aber so vertraut ist, daß ich manchmal nicht sagen könnte, in welcher Haut ich eigentlich wirklich stecke.

Oft grübele ich über diese Abstammungsfrage nach. Ich, der Moderne, bin unbestreitbar ein Mensch. Aber ich, der Steinzeitler Großzahn, bin kein Mensch. Irgendwo auf der

Entwicklungslinie zwischen diesen beiden Parteien meines Doppelwesens müssen sie ineinander übergegangen sein. Standen die Dörfler auf der Schwelle zum Menschwerden? Habe ich und die Meinen diese Entwicklungsphase abgeschlossen? Oder – und das ist auch eine Möglichkeit – ist einer meiner Nachkommen zum Feuervolk übergelaufen und ist einer der ihren geworden? Ich weiß es nicht. Und ich werde es nie erfahren. Nur eines ist gewiß: Großzahn prägte den Hirnzellen eines seiner Nachfahren alle Eindrücke seines Lebens ein, und zwar so unauslöschlich, daß Tausende von späteren Generationen sie nicht haben verwischen können.

Noch eins muß ich berichten, bevor ich meine Geschichte abschließe. Es ist ein Traum, den ich oft habe und der sicher aus der letzten Epoche meines Lebens stammt, hoch oben in der luftigen Höhle am Fluß. Ich war tief in den Wald in Richtung Osten gewandert. Dort stieß ich auf einen Stamm von Bäumlern. Ich duckte mich ins Dickicht und beobachtete sie beim Spielen. Sie hielten eine Lachversammlung ab und hüpften ausgelassen auf und ab und schrien höchst rudimentäre Chorsprüche.

Plötzlich verebbten ihre Stimmen. Sie hielten in ihren Luftsprüngen inne. Furchtsam kauerten sie sich hin und warfen scheue Blicke nach allen Seiten, wie um nach einem Fluchtweg Ausschau zu halten, falls es nötig wurde. Da trat Rotauge in ihren Kreis. Alle waren zu Tode erschrokken und wichen zurück. Aber er machte keine Anstalten, sie anzugreifen. Er war ja einer der ihren! Ihm hinterher eierte auf krummen, dünnen Beinen ein altes Weib, das sich mit den Fingerknöcheln am Boden abstützte. Sie war seine neueste Frau, eine Bäumlerin. Er ließ sich mitten unter ihnen nieder. Während ich dies niederschreibe, sehe ich ihn wieder vor mir, wie er mit rot angelaufenen Augen grimmig um sich blickt. Er zieht eins seiner massigen Beine an und kratzt sich mit den langen, krummen Zehen am Bauch – Rotauge, das atavistische Ungeheuer.

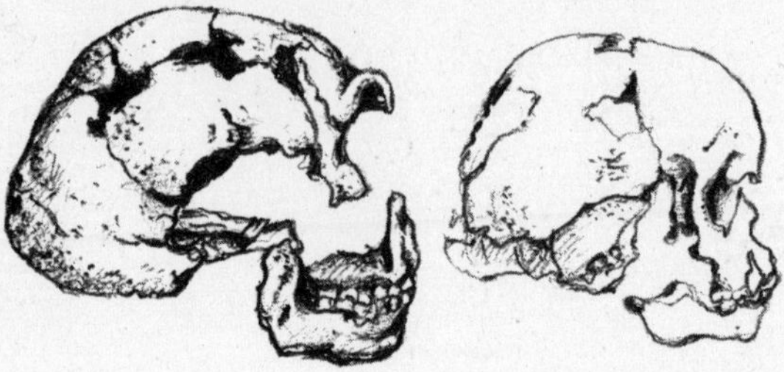

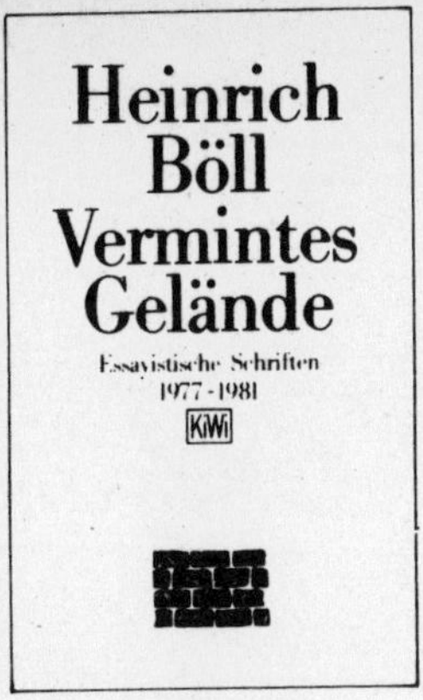

Bölls jüngste Schriften zeigen eine Zukunft auf, in der sich das Gelände von neuem „vermint".
KiWi 1

Wallraffs schon legendär gewordener Alleingang. Der Mann, der bei Bild Hans Esser war.
KiWi 2

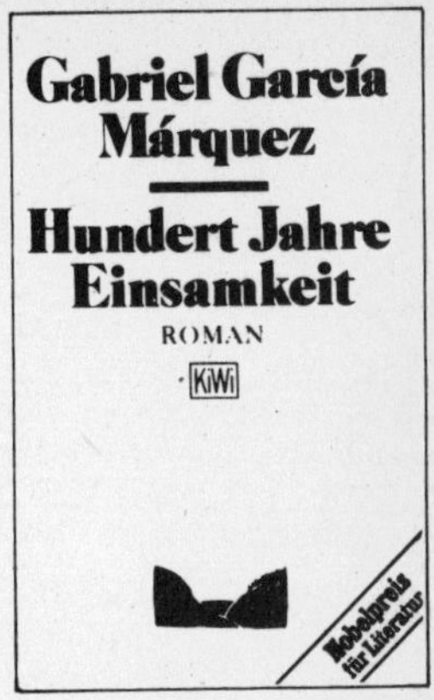

Die mitreißende Erzählung, die die geschichtliche Wirklichkeit und die Tragödie Lateinamerikas enthüllt.
KiWi 3

Engelmann stellt die Argumente der Anhänger der Friedensbewegung denen der Rüstungsbefürworter entgegen.
KiWi 4

„Ein großes und erschütterndes Buch, dem sich niemand entziehen kann."
Ernst Toller
KiWi 6

Ein lebendiges Stück Nachkriegsgeschichte und zugleich eines der wichtigsten Bücher der deutschen Nachkriegsliteratur.
KiWi 10

KiWi

Paperbackreihe bei Kiepenheuer & Witsch

Bei einem Sturm gehen mehrere Matrosen über Bord eines Kriegsschiffs. Nur einem gelingt es, ein Rettungsfloß zu erreichen...
KiWi 13

„Dieses Buch mag Sie schockieren, zum Lachen bringen oder erschüttern – vergessen werden Sie es nie."
KiWi 16

Macht-Struktur und journalistische Praxis eines unserer größten und einflußreichsten Medienkonzerne.
KiWi 17

Ricarda Huchs Luther-Porträt ist zugleich ein Stück glänzender deutscher Prosa.
KiWi 20

Kennans Buch zeigt, daß sich die Weltsituation in einer sehr gefährlichen Phase befindet.
KiWi 18

Enthüllungen über Pharma-Konzerne, Ärzte, Apotheker. Ihre Opfer – die Patienten.
KiWi 22

Abenteuerroman und politischer Thriller in einem. Silones berühmtester Roman. Ein Meisterwerk der italienischen Literatur.
KiWi 55

Lehrer über ihre Arbeit und ihre Schüler, über ihre Hoffnungen und Enttäuschungen. Ein Beruf, der in der Öffentlichkeit immer noch mit vielen Klischees besetzt ist.
KiWi 58

In den Gesprächen mit Herrad Schenk stellen sich verschiedene Wohngemeinschaften (von Studenten, Berufstätigen, Kleinfamilien, älteren Menschen und Landkommunen) selber dar.
KiWi 59

Aus ihrer reichen Kenntnis schildert Vicki Baum das intakte, von Ritualen bestimmte Leben in einem balinesischen Dorf und seine Vernichtung durch holländische Kolonisatoren.
KiWi 60

Boris Nikitin belegt seine Hypothese, daß jedes Kind, das richtig – d.h. ohne Dressur und Zwang – gefördert wird, schöpferische Fähigkeiten entwickelt, eine Lust am Lernen, die es befähigt, immer schwierigere Aufgaben selbständig zu lösen.
KiWi 57

Basierend auf neusten Recherchen im In- und Ausland legen die Autoren eine Studie vor, die schockierende Ergebnisse über den Grad der Verseuchung unserer Umwelt durch Dioxin enthält, sich aber auch den Lösungen des Problems zuwendet.
KiWi 61

KiWi

Paperbackreihe bei Kiepenheuer & Witsch